G. DUJARRIC et B. GUYOT

AMOURS

DE

PRINCE

(TOME SECOND)

20 centimes

PARIS

A. L. GUYOT, éditeur,

20, rue du Croissant

8° EDITION.   Algérie, Colonies et Etranger : 25 centimes

AMOURS DE PRINCE

GASTON DUJARRIC & B. GUYOT

AMOURS DE PRINCE

D'après « Autour du Trône »

Du Romancier russe PAPOW

TOME DEUXIÈME

PARIS

A.-L. GUYOT, ÉDITEUR

20, Rue du Croissant

AMOURS DE PRINCE

(Suite)

XIX

De bon matin, un homme vêtu comme un petit bourgeois, mais qu'à sa tournure et à ses joues rasées il était aisé de reconnaître pour un domestique de bonne maison, sonna à la porte de l'hôtel de Swarbrorg, qui s'ouvrit aussitôt.

Un gros homme replet, rubicond, le concierge en personne, se tenait en petite livrée sur le seuil de sa loge, malgré l'heure matinale, et il attendait sans doute le visiteur, qu'il accueillit comme une ancienne connaissance.

— Bonjour, maître Kormeïer, dit-il en lui tendant la main ; et la santé ?... Comment va la santé ?... toujours bonne ?... Et la place ?...

de même ?... Bon, bon !... **Vous avez une mine superbe !**

Maître Kormeïer, qui connaissait son confrère comme un insupportable bavard, répondit brièvement, tout en serrant la main que lui tendait le concierge, que la place était toujours bonne, la santé aussi, et qu'il venait...

— Bon, bon !... entendu !... M. le baron m'a donné ses ordres, hier soir. C'est pourquoi vous me voyez sur pied de si bon matin ; parce qu'autrement, moi, vous savez, j'aime bien rester au lit. M. le baron doit vous attendre dans son cabinet... Attendez, je vais vous conduire...

— Oh ! inutile, maître Spenthlieff, je connais bien le chemin, je suis déjà venu.

— Bon, bon !... Allez seul, alors ; voulez-vous prendre une prise ?

— Non, merci, maître Spenthlieff ; je n'en use pas.

— Bon, bon !... mais dites donc, maître Kormeïer, en vous en retournant, entrez donc un peu chez nous, hein ?...

Il cligna de l'œil d'un air malin.

Mais l'autre, qui paraissait connaître à merveille les êtres de l'hôtel, se dirigeait déjà vers les appartements du baron, tout en marmottant :

— Oui, attends un peu, gros serin ; je vais entrer chez toi, et tailler des bavettes... je n'ai que cela à faire. Si tu crois que l'on me tire les vers du nez, à moi !... Je fais parler les autres ; mais, moi, je ne dis jamais rien... à l'œil !

Arrivé devant la porte du cabinet de travail du baron, il frappa doucement

De l'intérieur, on lui cria d'entrer...

M. de Swarbrorg, assis, en robe de chambre, au coin du feu, était seul dans son cabinet ; il ne se dérangea pas, mais salua légèrement de la main le nouveau venu.

— Bonjour Kormeïer, entre, lui dit-il avec une évidente impatience. Ferme la porte ; donne un tour de clé... là ; très bien !... Et maintenant, viens ici ; as-tu la lettre ?

Et Kormeïer, qui n'était autre que le valet de chambre de l'archiduc, s'approcha respectueusement du baron, le salua très bas. C'était un petit homme souple, maigre, à l'air fûté et hypocrite. De longs services chez des maîtres tels que Ralph lui auraient fait perdre ses scrupules les plus invétérés, à supposer qu'il en eût jamais eu.

— J'ai bien l'honneur de présenter mes respects à monsieur le baron !

— Bien !... bien !... merci ! réponds, plutôt ; as-tu la lettre ?

Le valet glissa une main dans son paletot.

— La lettre ? Oui, monsieur le baron ; parfaitement.

— Ah, tant mieux !... — Et M. de Swarbrog, dont le visage exprima une soudaine satisfaction, tendait déjà la main vers le domestique ; — eh bien ! qu'attends-tu ?... donne-la donc !

Kormeïer courba l'échine, mais ne sortit pas la lettre de son paletot.

— C'est que, fit-il, se tortillant, obséquieux, je me permettrai de faire remarquer à monsieur le baron... Monsieur le baron m'avait promis, sauf le respect que je dois à monsieur le baron...

— Ah ! mais, sans doute !... Est-il bête !... Tu as peur que je te manque de parole, à présent ?... Ah... ah... ah ! elle est bien bonne !

Ce soupçon parut si plaisant à M. de Swarbrog qu'il ne put se retenir d'en rire à grands éclats.

Cependant, il se leva, se dirigea vers un secrétaire qu'il ouvrit ; il en tira un rouleau d'or dont il déchira l'enveloppe avec ostentation, et il en étala le contenu sur la tablette du meuble. Il aligna cinquante florins.

— Tiens, mon garçon, dit-il d'un air dégagé en se retournant vers Kormeïer, qui l'avait suivi, et caressait du coin de l'œil la monnaie d'or ; regarde, est-ce bien ton compte ?

— Oh ! monsieur le baron, se récria le domestique ; j'espère que monsieur le baron ne croit pas que j'aie voulu dire cela !... Je sais bien que monsieur le baron est incapable de... c'est que... c'est que je ne trouve pas cette lettre !... Ah !... la voici !

Et il tira enfin de sa poche l'enveloppe qu'il paraissait y chercher depuis un moment du bout des doigts ; il la tendit au baron ; et, tandis que celui-ci s'en emparait, il râfla prestement les cinquante pièces étalées sur le meuble, les fit disparaître en un profond gousset.

M. de Swarbrorg feignit de ne pas remarquer cette promptitude, peu flatteuse pour lui, du valet ; d'ailleurs, il examinait l'enveloppe déchirée, et la lettre qui s'y trouvait encore insérée.

— C'est bien cela, fit-il en retournant à son fauteuil. Et maintenant, comment as-tu fait pour la prendre ?... Crois-tu que Son Altesse ne s'aperçoive pas de sa disparition ?

— Oh ! monsieur le baron peut être tranquille !... personne n'a rien vu ; personne ne saura rien...

« Quand Son Altesse est rentrée cette nuit, je l'ai déshabillée comme d'habitude ; et, en emportant ses vêtements à la garde-robe, je me suis dépêché de regarder dans les poches, comme monsieur le baron me l'avait recommandé.

« Tout de suite, j'ai reconnu la lettre en question parmi d'autres papiers : une enveloppe blanche, carrée, sans timbres de la poste, écriture de femme, cachet de cire rouge.

« Bon ! que je me suis dit ; et je l'ai glissée dans mon gilet.

« Alors Son Altesse, qui était déjà au lit, me rappelle :

« — Kormeïer, apporte-moi les papiers qui se trouvent dans la poche de ma redingote !...

« Je rapporte la redingote ; je retire devant Son Altesse tout ce qu'il y avait dans les poches. Elle regarde, elle remue tout.

« — Tiens, qu'elle fait, je l'aurai perdue ; je m'en doutais !

« Et Son Altesse jure, sauf votre respect.

« — Votre Altesse a perdu quelque chose ?

« — Oui ! Je le crois, du moins ! Regarde dans les autres vêtements...

« Je les apporte, je fouille ; Son Altesse cherche aussi ; pas de lettre...

« — Sapristi ! que fait Son Altesse ; voilà que j'ai perdu cette lettre ! Où diable ai-je bien pu la perdre ?

« Moi, je continuais à faire celui qui n'a rien vu, naturellement !

« — Oh ! Votre Altesse ne l'a toujours pas perdue ici, bien sûr !

« — En effet, je le vois bien ; le baron me l'a remise au Cercle ; c'est là que je l'ai perdue... ou bien chez le comte Smyrkowsky, avec qui j'ai soupé... Enfin, si on la retrouve chez lui, on me la rapportera... D'ailleurs, tu iras demain matin... Si elle était perdue ; ah ! sapristi, ce serait bien ennuyeux !

« Pour lors, Son Altesse m'a renvoyé ; ce matin, à son réveil, elle n'y pensera plus ; Son Altesse est comme cela. Ça fait que monsieur le baron peut être tranquille...

« Quand monsieur le baron aura autre chose à me commander, monsieur le baron me trouvera toujours entre onze heures et minuit au petit café du père Salomon, là où il m'a fait demander par le commissionnaire... je serai toujours à la disposition de monsieur le baron... »

— Parbleu ! fit M. de Swarbrorg entre ses dents ; à ce prix-là !...

Et il ajouta, haut :

— J'aurai peut-être encore besoin de toi, en effet ; je te ferai prévenir. D'ici là, je t'engage à tenir ta langue, n'est-ce pas ?

— Oh ! monsieur le baron peut compter sur moi... Kormeïer n'a qu'une parole !... l'honnêteté avant tout !

Le domestique, saluant encore plus bas qu'à son arrivée, se retira.

Le concierge l'attendait, embusqué devant sa loge.

— Eh ! maître Kormeïer, entrez donc !...

— C'est que je n'ai pas grand temps, maître Spenthlieff ; je suis même en retard...

— Bon !... bon !... fit le bavard, en se rapprochant, sa tabatière ouverte à la main ; vous avez bien deux minutes, le feu n'est pas chez vous !... Et, dites, qu'est-ce qu'ils manigancent donc Son Altesse avec monsieur le baron, pour vous faire courir la poste dès patron-minet ?... Quelque histoire de femmes, hein ?

Et le bonhomme prit un air malin, tout en fourrant une énorme prise dans son nez bourgeonné.

— Parbleu ! répondit le domestique, comme si cela eût été indubitable. De quoi voulez-vous qu'ils s'occupent entr'eux, les maîtres ?... Ils n'ont que ça à faire !... Ce n'est pas comme nous !...

Un rire paillard secoua le gros concierge du haut en bas :

— Oh ! moi, quand j'étais plus jeune, je m'en suis payé aussi de l'agrément, allez !... Ils font joliment bien !... Tenez, pour en revenir à moi, du temps que j'étais dans la garde, je fréquentais une petite blanchisseuse... Attendez donc, voyons !... le feu n'est pas à la maison !

Mais Kormeïer en savait assez long; et déjà il franchissait la porte.

Resté seul dans son cabinet, M. de Swarbrorg achevait de lire la lettre de Mlle Fischer, qu'il avait remise lui-même à l'archiduc la veille au soir, ainsi que le lui demandait M. de Hatzdelt, et qu'il venait de se procurer, grâce à la complicité de Kormeïer.

Il la replia avec soin et la remit dans l'enveloppe déchirée ; il serra le tout dans sa poche.

— Avec cela, dit-il à mi-voix, avec cela, monseigneur, et vous, belle princesse, je vous jouerai un tour dont vous me direz des nouvelles... Nous verrons bien si vous vous moquerez encore longtemps de moi !

Il sonna.

— Faites seller Gladiator, dit-il à un domestique qui vint prendre ses ordres ; je vais sortir dans un instant. Je ne rentrerai pas pour déjeuner.

En effet, il s'habilla à la hâte et bientôt sortit à cheval de l'hôtel...

XX

Le baron n'était pas content.

Tout en galopant à franc étrier vers Maygen-brück, il ruminait en sa tête divers moyens de couper l'herbe sous le pied au jésuite et à la princesse.

Il voyait bien que l'on cherchait des prétextes pour se débarrasser de lui ; à présent que les autres croyaient toucher au succès de leurs combinaisons, ils l'écartaient visiblement de « l'affaire », affectaient de ne lui donner que des rôles dérisoires, ne le tenaient au courant de rien ; tout cela pour pouvoir réclamer plus tard une plus grosse part du gâteau, dont on ne lui laisserait ainsi — à lui — que les miettes...

Eh bien ! il ne trouvait pas cela honnête !

Lui aussi, il avait rendu des services, après tout. Et en somme, il n'y avait pas de sa faute, si rien de ce qu'il avait imaginé n'avait encore réussi !...

Von Eisenberck leur avait dit, à monseigneur et à lui : « Il y a *telles* et *telles* choses à faire ; vous avez chacun votre plan... agissez-donc chacun de votre côté ; tant mieux pour celui qui décrochera la timbale. Maintenant, si vous préférez unir vos moyens et agir de concert, dame ! cela vous regarde. Quant à moi, voilà : *Si les choses en question arrivent*, je donnerai *tant*. Arrangez-vous, prenez-vous-y comme vous l'entendrez ; cela ne me regarde pas !... »

Alors, ce Florentin de malheur et cette princesse d'Offenbach l'avaient enjôlé, entortillé, si bien qu'il avait, pour ainsi dire, renoncé à ses propres projets, pour s'embarquer sur leur galère ; il avait fait tout ce que l'on désirait, avait agi très franchement, très loyalement, et puis, crac !... voilà que ces exploiteurs avaient l'air de le vouloir évincer maintenant, lui !... lui qui avait été leur bras droit !... Ah ! sapristi, c'était trop fort !...

Mais on ne se jouait pas ainsi du baron de Swarbrorg, et rirait bien qui rirait le dernier !

Il pressait tellement Gladiator, que le malheureux cheval était blanc d'écume en arrivant dans la grande cour de Maygenbrück.

Un valet d'écurie, entendant résonner les sabots de la bête sur le pavé, accourait ; le baron lui remit sa monture et entra dans le château.

Il en connaissait les êtres et savait que l'on trouvait toujours l'intendant le matin ; il se rendit donc directement au cabinet d'Hermansser.

Ils s'enfermèrent.

— Mon cher Hermansser, dit le baron à l'Allemand, lorsque celui-ci eut verrouillé la porte du bureau où il recevait les fermiers du domaine et tenait les comptes de sa gestion, nous sommes roulés ; si nous ne frappons pas un grand coup d'ici quelques jours, nous ne tirerons jamais un kreutzer de Son Excellence, — et jamais plus, sans doute, Elle ne nous emploiera...

— Ah ! bah ! fit l'intendant, qui devint tout pâle en entendant M. de Swarbrorg parler de la sorte.

— Oui, mon cher !... Les autres, — le baron appuya sur cette désignation des personnes qu'il jugeait sans doute inutile de nommer, — les *autres* vont nous damer le pion... Je les vois venir, ils ont très bien dressé leurs batteries, et je me repens amèrement de les avoir écoutés, de les avoir aidés ; — il soupira. — Ce sont des gredins, de vrais gredins. Ils peuvent réussir d'un jour à l'autre ; ils auront donc le magot, et, de plus, leur affaire est si bien combinée, qu'ensuite ils pourront rester en grande faveur auprès de l'archiduc !

De tout cela, nous n'aurons que des épluchures, mon pauvre Hermansser, car, en vérité, je vous le dis, ce sont des gredins ; leur parole et rien, voyez-vous, c'est tout un.

— Mais pourtant, fit Hermansser altéré, le maître avait dit...

— Oui, Von Eisenberck avait dit : « Arrangez-vous !... tâchez de vous entendre !... la somme est là ; elle est pour le premier qui, d'une manière ou de l'autre, me débarrassera de... »

— Eh bien ! monsieur le baron ?

— Eh bien ! il a dit : « D'une manière ou de l'autre !... » Il n'a pas spécifié. Que demande-t-il, lui ? — C'est qu'on mette le personnage en question dans l'impossibilité de contrecarrer sa politique... après cela !...

« Nous, nous avions compté que l'occasion nous servirait, qu'un hasard, un malentendu, une erreur, enfin n'importe quoi, se présenterait... A la chasse, dans les bois, on pouvait y aider... Et puis, il y avait le frère de la petite, cet exalté, au besoin même le père, qui pouvaient se fâcher... Tout cela était possible, puisque l'occasion elle-même avait créé la situation dont nous pensions tirer un si bon parti... Et puis, les circonstances nous servaient, et on les aurait laissés faire, puisque la personne de Berlin ne veut pas que l'on opère directement, à cause... des suites et afin de pouvoir, au besoin, tout mettre sur le compte de la fatalité.

— Ah ! monsieur le baron !... Cela se présentait si bien !... Ça allait tout seul !

— Mais eux, les autres, ont trouvé un moyen aussi, moins radical, il est vrai, mais plus habile, oh ! bien plus politique !... S'ils vont jusqu'au bout, il tiendront ce benêt en lisières, le mèneront par le bout du nez ; ils se le garderont en guise de vache à lait pour l'avenir, et le maître aimera encore mieux leur solution, qui est moins hasardeuse et que tout le monde trouvera on ne peut mieux !

— Diable !... diable !... marmotta l'ancien apothicaire, ce n'est pas amusant, tout cela ! Ils ne nous donneront rien, c'est évident !... Et Von Eisenberck, s'il n'est pas content, peut se servir des pièces de mon maudit procès, qu'il a toujours entre les mains !... Et que comptez-vous faire, alors, monsieur le baron ?

— Eh bien ! mon cher Hermansser, voilà, j'ai une idée ! Mais ni vous, ni Fleisschmann ne pouvez me servir. Il me faudrait un homme inconnu des gens d'ici, — et dont vous soyez sûr comme de vous-même ; un homme du peuple, ou qui, du moins, en ait l'apparence. Pouvez-vous me le procurer ?... Je paierai !

Hermansser réfléchit assez longuement.

— J'ai votre affaire, monsieur le baron !... Un homme sûr, intelligent, discret... et même, bien de sa personne ! Il a tout pour lui. C'est un perruquier, un nommé Hans Stielmans ; je le connais depuis dix ans !

— Vous me répondriez de lui ?

— Absolument !

— Il est à Vienne ?

— Il est à Vienne.

— Pourriez-vous le voir, tantôt, et me l'envoyer chez moi, dans la soirée ?

— Parfaitement ! Je connais la boutique où il est employé ; il en sort le soir à neuf heures. Il se rendra chez vous à cette heure.

— Je l'attendrai.

— C'est entendu !

— Et ici, reprit M. de Swarbrorg, quoi de nouveau ?

— Ici ?... Rien !

— Il ne vient plus ?

— Il n'a pas mis les pieds à Maygenbrück depuis plus de deux mois !

— Et elle ?

— Hum ! Elle n'a pas l'air enchanté !... mais on ne sait ce qu'elle pense. Elle n'en dit rien, ne parle à personne, ne s'absente jamais du domaine.

— Ah ! et le frère ?

— Oh ! celui-là, on ne le voit plus ! Cependant, je sais qu'il travaille toujours chez le même imprimeur. Il continue à s'occuper de politique ; si ça ne fait pas suer !

L'intendant haussa les épaules.

— Oui !... je sais cela, fit le baron. Je suis très renseigné sur ce qu'il fait à Vienne : il fréquente assidûment un club socialiste, dans Gortchers-trasse ; il y va deux fois par semaine ; il a l'intention de se présenter aux prochaines élections à la Diète, comme candidat du parti ouvrier.

— Ces ouvriers ! ces socialistes ! grommela l'honnête intendant, de vrais brigands !... des meurt-de-faim !... Voyez-vous ce gaillard-là à la Diète !

— Hé ! Il a des chances, et j'en suis bien aise !...

« Ses amis mènent une campagne acharnée en sa faveur, et son parti paiera les frais de son élection, y compris le cens dont il doit justifier pour être éligible !...

— Voyez-vous, monsieur le baron, ici, c'est le monde renversé ; a-t-on jamais vu ! Des ouvriers à la Diète !...

— Ah ! je remercie la Providence, moi !... C'est une fière idée qu'il a eue là, le petit Fischer !... Allons, je m'en vais... Je compte sur vous !... Continuez à ouvrir l'œil... Envoyez-moi votre homme ce soir !

— C'est entendu !... Vous ne voulez rien prendre, monsieur le baron, avant de repartir ?

— Non, il ne faut pas que l'on me voie ici. Je déjeûnerai dans quelque auberge, sur la route.

— Au revoir, Hermansser; espérons que tout ira bien !

L'intendant reconduisit M. de Swarbrorg jusqu'au perron, en bas duquel le valet d'écurie tenait en main Gladiator, qu'il venait de bouchonner.

— Au revoir, monsieur le baron, bonne santé !

— Au revoir, à bientôt !

Le baron sauta en selle, reprit le chemin de Vienne.

Hermansser tint parole.

Le même soir, assez tard, un domestique introduisait Hans Stielmans dans le cabinet de M. de Swarbrorg, qui resta enfermé, seul avec lui, pendant plus d'une heure et demie. Et lorsqu'il renvoya l'ami de l'intendant, le baron semblait radieux.

Il rentra dans son appartement en se frottant les mains.

. . . .

XXI

La brasserie de Rudolph Pfeiffer, située **dans** le haut de Gortcherstrasse, était notoirement fréquentée par les membres les plus avancés du **parti ouvrier socialiste**; deux fois par mois, ordinairement, ils se réunissaient là pour discuter les mesures de la propagande que leurs compagnons menaient infatigablement dans les usines, les chantiers, les ateliers de Vienne.

Mais pour le moment, en raison de l'époque des élections à la Diète, ils se retrouvaient tous les deux jours dans l'arrière-salle que Rudolph Pfeiffer mettait à leur disposition moyennant **un** florin par séance, et la bière en sus, comme **de** juste.

La police ne les inquiétait point; à peine **un** agent, de temps à autre, cherchait-il à s'introduire dans leur cénacle; ils l'éventaient vite, **mais** le recevaient quand même, très flattés, au fond, d'inspirer des inquiétudes à l'autorité.

D'ailleurs, ils ne se gênaient pas autrement en sa présence, parlaient de leurs projets, discutaient les chances électorales de leur parti, tout **en** gorgeant de chopes le policier, qui rapportait **de** sa soirée une excellente impression. En somme, il n'avait rien à dire de ces braves gens. C'étaient des socialistes, oui, mais des citoyens comme les autres ; un parti politique quelconque. Ce n'étaient pas des conspirateurs.

Or, ce comité patronnait chaudement la candidature de Charles Fischer. A la Diète, le parti ouvrier socialiste n'était représenté par personne ; les députés que l'on considérait comme les plus avancés appartenaient au moins à la bourgeoisie et se bornaient à combattre le gouvernement sur le terrain de la politique étrangère et des tarifs douaniers. Mais, en leur qualité de propriétaires, d'industriels, d'avocats, ils vivaient en quelque sorte du prolétariat et ne voyaient, dans le socialisme proprement dit, qu'un dangereux fléau. Les idées importées de France et d'Allemagne avaient fait rapidement leur chemin dans le peuple ; les ouvriers comprenaient la nécessité d'introduire quelques-uns des leurs dans le Parlement, mais ils comprenaient aussi le danger que couraient leurs intérêts, entre les mains de représentants médiocres. Malheureusement, l'instruction était peu répandue dans leur classe, et, par suite, les candidats capables peu nombreux. Charles Fischer était l'un de ceux qui inspiraient, à tous égards, le plus de confiance. Aussi, les compagnons du comité de chez Rudolph Pfeiffer avaient-ils fait agréer sans difficultés sa candidature à plusieurs autres groupes influents du parti.

Hans Stielmans, ce perruquier dont Hermansser disait « qu'il avait tout pour lui », était, en effet, un garçon adroit, intelligent et peu scrupuleux. Beau parleur, comme ordinairement ceux de sa corporation, il était mêlé à l'agitation ouvrière et, bien qu'il ne pût prétendre à rien, en sa qualité d'étranger, il s'insinuait dans les comités, s'occupait de politique par vanité, pour le plaisir de pérorer devant un auditoire presque toujours bienveillant.

Il pouvait donc se faufiler chez Rudolph Pfeiffer sans que sa présence y parût suspecte.

Le hasard, cette fois, servait le baron à souhait.

Après la conversation mystérieuse qu'il avait eue avec M. de Swarbrorg, Hans Stielmans vint quelquefois flâner à la brasserie de Gortcherstrasse; il désirait se rendre compte de l'état d'esprit des amis de Charles Fischer, et savoir par lui-même où en était la candidature du typographe.

Elle était en bonne voie de succès.

Le comité pressait les autres groupes d'agir sur leurs adhérents et les invitait à redoubler d'agitation afin de préparer l'opinion publique à l'affichage prochain de la candidature qu'il patronnait.

Le perruquier obtint, d'un groupe où il avait pu s'insinuer, une délégation qui lui permit d'assister régulièrement aux séances du comité de chez Rudolph Pfeiffer.

Il connut ainsi, pour ainsi dire heure par heure, le résultat des menées socialistes en faveur de Charles Fischer, auquel on pouvait prédire toutes les chances, les pointages partiels des groupes lui étant uniformément favorables.

En même temps que le typographe, le parti présentait cinq autres ouvriers de professions différentes et, comme avant de tenter un suprême effort il importait de se compter, de se concerter une dernière fois, les comités et les groupes décidèrent de tenir une réunion plénière chez Rudolph Pfeiffer un mois avant la date des élections, afin de s'entendre relativement aux moyens d'exercer sur les esprits une pression définitive.

On espérait les meilleurs effets de cette réunion, où les six candidats prendraient tour à tour la parole pour affirmer devant tous les délégués de la classe ouvrière leur désintéressement, leur dévouement à la cause démocratique.

Afin de prévenir les abstentions possibles, la réunion avait été fixée à un dimanche soir, et, en effet, pas un délégué ne manqua à l'appel de son groupe.

Rudolph Pfeiffer avait fait enlever pour la circonstance la cloison de chêne qui séparait les deux salles de la brasserie dont il laissa, par surcroît, les portes ouvertes, la réunion devant être publique, de sorte que, consommateurs ordinaires, rivaux politiques, reporters, policiers, assistaient à la séance en même temps que les quatre-vingts délégués du parti ouvrier.

Une tribune improvisée s'élevait dans le fond de l'ancienne arrière-salle.

La séance s'ouvrit dans le plus grand calme; les premiers orateurs inscrits se succédèrent à la tribune; et Charles Fischer, le dernier sur la liste, fut invité à venir exposer son programme devant l'Assemblée.

Les typographes étaient en nombre dans l'assistance et se promettaient de faire une ovation chaleureuse à leur camarade lorsqu'il aurait terminé son discours.

Un peu pâle, mais très maître de lui, le fils du forestier exposa ses idées avec une netteté, une précision, que lui eussent envié plus d'un parlementaire; et il souleva une tempête de bravos lorsque, ayant brièvement exposé la situation

sociale actuelle, il jeta à l'auditoire ces paroles
qui trouvaient de l'écho dans tous les cœurs :

« Dans la lutte contre le pouvoir collectif des
classes possédantes, le prolétariat ne peut agir
comme classe qu'en se constituant lui-même en
parti politique distinct, opposé à tous les anciens
partis formés par les classes possédantes. Le
prolétariat doit donc s'emparer de l'Etat, non
pour le détruire, mais pour le réorganiser en
Etat-ouvrier ! »

Et, tandis que, dans l'élan de son enthousiaste
sincérité, il développait les principes socialistes
et égalitaires qu'il comptait proclamer prochainement au sein même de la Diète, les applaudisse-
ments de son auditoire l'interrompirent plusieurs
fois.

Des six candidats, il était certes le plus intelligent, le plus instruit, le plus apte à remplir le
mandat qu'il sollicitait; à mesure qu'il parlait,
son assurance grandissait; il avait l'éloqence
de la foi, et même les plus sceptiques, dans la
salle où toutes les opinions étaient confondues,
finissaient par partager son espoir en des temps
meilleurs pour la classe opprimée.

Lorsqu'il descendit de la tribune, de longues
acclamations le saluèrent.

Son élection pouvait, dès ce moment, paraître
assurée ; les typographes, triomphants, l'entou-

raient, le félicitaient; c'était parmi eux à qui
l'accaparerait, presserait ses mains, le conduirait
à sa table, où des chopes servies l'attendaient,
couronnées de mousse blonde.

Mais, ce qui surtout rendait Charles fier et
heureux, c'était la pensée de la joie qu'il allait
causer à Amélie en lui annonçant le succès rem-
porté en cette réunion, prélude certain de son
entrée à la Diète.

Jusqu'à présent, il avait laissé ignorer ses projets à sa sœur; depuis que l'influent comité de
Gortcherstrasse était venu lui offrir les chances
d'occuper un siège au parlement, il s'était même
abstenu d'aller à Maygenbrück. Il savait que le
garde, vieux troupier qui professait pour l'aristocratie et le pouvoir un respect sans bornes, ne
le voyait pas d'un bon œil s'occuper de socialisme
militant; puis, il ne voulait rien dire à Amélie
sans savoir s'il pourrait compter sur quelque
avantage; d'ailleurs, tout son temps étant pris
entre l'atelier et le comité, il n'avait pu entre-
prendre ce petit voyage qui ne lui eût pas demandé moins d'une journée.

Afin que l'on ne s'inquiétât pas de lui là-bas,
il écrivait de temps à autre à sa sœur, alléguant
un redoublement de travail qui ne tarderait pas
à amener un heureux changement dans sa position.

Mais il se promettait bien d'aller surprendre Amélie le lendemain; et d'avance il se réjouissait de la joie que lui causerait cette double surprise.

Cependant, la salle ayant repris une physionomie plus calme, le président annonça que la séance allait continuer.

Hans Stielmans, s'avançant alors vers le bureau, demanda à faire à l'assemblée une communication intéressante.

On le connaissait assez pour trouver cela tout simple.

Il monta à la tribune.

Et, lorsque le silence fut redevenu complet, il prit très froidement la parole, en termes auxquels personne, certainement, ne se fut attendu.

— Citoyens, dit-il, vous venez d'applaudir aux théories d'un homme sur lequel j'ai cru, moi aussi, que la démocratie pourrait compter!...

De vives rumeurs saluèrent ce début énigmatique; Charles se dressa comme s'il eût reçu un coup de fouet et, de la place au fond de la salle où, entouré de ses amis, il prêtait l'oreille à l'allocution du nouveau venu, il cria :

— Comment, que dites-vous ?

Tout le monde, comme lui, se demandait où l'orateur voulait en venir, et un sourd brouhaha s'éleva sur l'assistance.

— Citoyens, s'écria le président, veuillez **faire silence !...** Que ceux qui veulent parler deman-**ent** la parole et attendent leur tour !

— Mais, continua Stielmans, sur un ton tran-**hant**, j'ai le regret de vous avertir **que vous êtes** sur le point de prodiguer vos suffrages à **un faux-frère**, à un....

Le tumulte qui éclata à ces mots couvrit **sa** voix ; il se croisa les bras, tandis que le président agitait éperdûment sa sonnette et que Charles, blême de fureur, accourait de sa place, bouscu-lant les auditeurs, renversant les escabeaux, escaladant les tables, jouant, pour avancer **plus** vite, des poings, des pieds, des épaules.

Le typographe parvint ainsi jusqu'au pied de la tribune, vociférant :

— Que dit-il ?... Laissez-moi passer !... Qui **est** donc cet individu ?... Attendez ! Je vais **vous faire** payer cher vos paroles !

Sa voix se perdait dans un tapage assourdis-sant de cris, de sifflets, de chopes brisées, de disputes ; et, en bas de l'estrade, il fut forcé de s'arrêter.

Le perruquier avait pris ses précautions ; des gens à lui, qui avaient pu se glisser jusque-là pendant l'interruption de la séance, s'y étaient solidement postés et défendaient l'abord **des** gradins. Comme ils résistaient évidemment **aux** poussées du typographe, un pugilat s'engagea, dans lequel Charles n'eût pas eu l'avantage, si des compagnons de son parti n'étaient accourus en pleine bagarre à son secours.

Cependant des voix, dans la salle, criaient :

— Laissez donc parler l'orateur!...

— Du silence, hé, là-bas!...

— A la porte, les interrupteurs!...

A peine entendait-on, dans ce vacarme, le son désespéré de la sonnette.

Le président put placer quelques mots :

— Citoyens, je vous préviens que si le tapage ne cesse pas, je vais requérir la police d'expulser les perturbateurs!...

Hans, parfaitement en sûreté à la tribune, protégé qu'il était par sa bande, attendait avec un calme apparent que cette menace ramenât un peu de paix dans la salle.

Alors, prenant une pose théâtrale, il s'exclama de tous ses poumons :

— Je précise, citoyens!... L'homme qui occupait tout à l'heure cette tribune, est un renégat de la démocratie, un suppôt hypocrite du pouvoir!... Vous l'avez entendu flétrir les désordres des grands!.. dénoncer les exactions capitalistes... demander l'avènement du peuple et la proscription des rois!...

« Eh bien, citoyens, l'homme qui tenait devant

chiduc, entendu parler de la liaison de Ralph avec Mlle Fischer, mais comme d'un caprice déjà oublié ; et, depuis, la princesse s'était bien gardée de parler de cet amour champêtre, de peur d'écorner le prestige du prince...

Quels ne furent donc pas la surprise, le dépit, la colère de Marie, en croyant voir dans l'article à sensation la preuve que Ralph, depuis même qu'il la connaissait, recherchait des distractions aussi compromettantes ! Outre que cela éveillait sa jalousie, elle était peu flattée dans sa vanité de future archiduchesse de voir l'altesse aller publiquement lui choisir des rivales dans le peuple. Et elle s'exaspérait, à penser qu'ainsi il donnait prise à tous les blâmes, aux pires diffamations, lui !... lui qu'elle devait épouser !

Malgré son dépit, et afin de n'avoir pas à avouer une pareille contusion à son amour-propre, elle résolut de ne pas en souffler mot à la princesse ; celle-ci étant de son côté restée muette sur cet événement, Marie pensa qu'elle l'ignorait.

Mais elle se promit bien d'avoir à la première occasion une explication avec l'archiduc.

Elle prétendait qu'il devait n'aimer qu'elle, ne rechercher qu'elle, tout rapporter à elle.

Car les amourettes, en apparence les plus anodines au début, pouvaient avoir pour un homme, pour un prince surtout, des conséquences déplo-

vous ce langage, l'homme que vous avez acclamé est un menteur! un traître! un hypocrite! Sa famille et lui vivent des largesses de la cour!... Et sa sœur, citoyens, sa sœur est la maîtresse de l'archiduc Ralph de Donau-Schönbourg!... »

Cette fois la tempête n'eut plus de bornes.

Charles, écumant de fureur, trépignait, poussait des cris inarticulés qui se perdaient dans le grondement de la foule orageuse; mais les séïdes du perruquier s'étaient substitués autour de lui aux typographes et, le tenant étroitement bloqué, l'empêchaient de faire le moindre mouvement.

Stielmans enhardi par le bruit, sûr de l'impunité, agitait un papier et criait d'une voix retentissante, que l'on entendait malgré tout :

— Attendez, citoyens! Calmez-vous! Vous allez en entendre de belles! Je vais vous lire les lettres d'amour que la sœur de ce gredin écrit à un aristocrate, à l'archiduc; écoutez-moi ça!..

Mais en dépit de ses adjurations, la salle continuait à délirer dans un inexprimable tumulte; des compères à lui, disséminés dans la salle, tonitruaient :

— Où est-il?... Mort au mouchard!... Lisez les lettres!... A l'eau, le vendu!... Les lettres!... Les lettres!...

Les autres, au pied de la tribune, tenaient

Charles empoigné par les bras, par le cou, par les épaules; et brutalement ils l'immobilisaient là, dans l'impossibilité de se faire entendre, de se débattre, de protester.

Une crise nerveuse atroce secouait le malheureux, qui ne pouvait comprendre le but d'une telle infamie.

— Ecoutez cela, déclamait le perruquier, écoutez comment la sœur de ce bon démocrate écrit à son noble amant!...

Il affecta grossièrement des inflexions câlines :

« Ralph, mon bien-aimé Ralph, mon cher
« seigneur que j'aime plus que ma vie, plus que
« tout, vous souvenez-vous des heures ineffables
« de tendresse où je vous livrai...

Les sifflements, les grossiers éclats de rire, les trépignements redoublèrent, tandis que les fidèles de Charles protestaient avec indignation contre cet abominable scandale.

Sans s'émouvoir, Stielmans poursuivait :

— Je vois bien, citoyens, que les agents du pouvoir, venus ici pour protéger ce beau-frère de la main gauche de Son Altesse, m'empêcheront par tout leur vacarme de lire ce précieux document jusqu'au bout! Je reconnais bien là les procédés de l'autorité. Mais, citoyens, rassurez-vous; vous n'y perdrez rien; en voici des copies autant que vous voudrez!

Et, tirant de sa poche des liasses de feuillets,
il les jeta à toute volée dans la salle; les feuillets
tournoyèrent, s'éparpillèrent dans toutes les
directions, tombèrent çà et là, ou furent saisis
au vol.

On les lut en se bousculant, à haute voix, à
travers les exclamations de toute sorte. C'étaient,
sur du papier ordinaire, des reproductions par
un procédé de photogravure, des plus tendres
passages de cette lettre d'Amélie à l'archiduc que
le baron avait fait dérober par un valet de Son
Altesse. L'on y avait aussi reproduit des alinéas
où il était question de politique, mais en les
tronquant et les transposant de telle sorte qu'ils
signifiaient tout autre chose que ce que Mlle Fischer avait voulu dire. Grâce au procédé em-
ployé, l'écriture en restait à peu près reconnais-
sable.

Charles était livide, muet d'horreur!

Cette soudaine révélation l'accablait. Comment!
cela était donc vrai!... Ce sentiment d'un pur
idéalisme, qu'il avait entendu si franchement
exprimer, aurait abouti là?... Et on lui jetait à
la face cette honte!... la honte de sa sœur! leur
honte à tous!... Oh, était-ce possible!

Déjà la foule convaincue par l'assurance de
Stielmans et la vue du fac-simile dont les exemplaires circulaient de main en main, versatile

d'ailleurs, lâche et cruelle comme toujours — exhalait contre le typographe des épithètes méprisantes, des mots injurieux, des cris de mort.

Charles, dont la violence naturelle ne pouvait se dépenser, dans la presse où il se trouvait maintenu, écumait, mâchonnait sourdement de terribles menaces à l'adresse de l'archiduc, le seul qu'il vît coupable dans cette liaison qu'il ignorait, et dont, il ne savait pourquoi, on venait de déchirer le voile.

Des larmes de rage roulaient sur ses joues. Lorsque Stielmans qui, du haut de la tribune, suivait les phases de ce revirement d'opinion de la salle, jugea les esprits assez surexcités, il porta au malheureux candidat le coup de grâce :

— Et maintenant que vous êtes prévenus, citoyens, je vous demande, au nom de la sainte démocratie, de ne pas accorder vos suffrages à cet imposteur !... Vous n'enverrez pas à la Diète ce complaisant protecteur des amours de l'archiduc !... Rendez-le à sa famille ! Ne l'accueillez plus !... Il n'a que faire de nos réunions ; qu'il aille passer ses soirées à la cour, où il a ses entrées par l'escalier de service !

« Allez ; laissez au temps le soin de le châtier de son infamie ; il avait rêvé de ramasser sa fortune dans l'opprobre de sa famille ; l'insensé !... Il eût trahi la cause du peuple !... Il ne sait donc

pas que tôt ou tard la satiété détourne les aristo-
crates de leurs liaisons, comme de leur intérieur,
comme de leurs devoirs!... et que, lorsqu'ils
ont assez de leurs maîtresses, les princes s'en
débarrassent!... »

Il fit un signe. Les compères, sans rompre
leur groupe, se mirent en marche lentement
vers la sortie de la taverne, poussant Charles,
toujours maintenu au milieu d'eux. Et le malheureux jeune homme traversa ainsi toute la
salle sous les huées, les horions, les lazzis,
les sifflets, les imprécations de ceux-ci qui, tout
à l'heure encore, l'applaudissaient avec admiration.

Dans la rue, on le garda encore étroitement
entouré, tandis que les assistants évacuaient en
tumulte la brasserie et au passage le couvraient
d'injures.

Alors, on le lâcha.

Ses bourreaux, comme par enchantement, disparurent.

Et lui, meurtri, contusionné, les vêtements en
désordre, la tête perdue, mais se retrouvant libre,
prit comme un fou sa course dans la nuit noire,
sans savoir où il courait, hanté, tenaillé par une
idée atroce subitement éclose dans le trouble de
son cerveau détraqué: tuer l'homme qui venait
de le flétrir publiquement; tuer l'homme qui

avait séduit sa sœur : les tuer tous deux, se tuer après ; tuer... tuer... tuer !

Il voyait rouge.

A quelques centaines de mètres, il tomba au milieu d'une ronde de police.

— Hé, l'homme !... halte-là !... lui cria le brigadier : Où courez-vous si vite ?... Arrêtez-le !... d'où venez-vous ?

Les yeux hagards, les cheveux embroussaillés, la cravate arrachée, il bredouilla, gesticula entre les mains des gardiens de nuit, tout secoué d'un tremblement convulsif.

Le chef de la patrouille ne comprit rien à son bredouillage, où revenait à chaque mot l'horrible objet de son obsession :

— Les tuer !... les tuer !... lui, ce misérable imposteur ! et l'autre !... l'autre : le noble larron d'honneur !...

— Emmenez-le, dit le chef à deux de ses hommes : il est ivre ou il est fou ; dangereux, en tout cas ! On l'interrogera demain !...

. . . .

Pendant ce temps, Stielmans rejoignait à grands pas un fiacre qui stationnait depuis le commencement de la soirée au coin de la Gortcherstrasse et de la place San-Stephan. Il ouvrit la portière et sauta rapidement dans le véhicule qui partit aussitôt au grand trot.

— Eh bien? demanda un personnage qui se tenait rencoigné sur la banquette du fond.

— Eh bien, monsieur le baron, tout a marché comme nous l'espérions !

— Ah, tant mieux !... Qu'est-il devenu?

— Ma foi, je n'en sais rien !... Il est parti en courant, comme un fou!... Je pense qu'il s'est dirigé du côté du Palais archiducal ou du Cercle royal... Mais, il n'est pas sûr qu'il rencontre votre ami ce soir. En tout cas, il paraissait disposé à lui faire un mauvais parti !

— Ah dame, fit tranquillement le baron, s'il fait quelque bêtise, tant pis pour lui!.. Il ne pourra pas dire que nous la lui avons conseillée!... Avez-vous les comptes-rendus, pour la presse?

— Parfaitement! J'ai les sténographies ; mais il faut que cela soit arrangé, vous comprenez?...

— Ah je crois bien! Pourront-ils passer dans quelques journaux du matin?

— Dans tous, monsieur le baron !

XXII

Mme de Vorischner, qui lisait régulièrement les journaux, fut stupéfiée d'y trouver le récit de la mésaventure de Charles Fischer ; mais, plus expérimentée que le typographe en matière de roueries et de perfidies politiques, elle supposa tout de suite que ce scandale devait cacher quelque inavouable intrigue électorale.

L'idée que cela avait été machiné par le baron ne se présenta même pas à son esprit. Elle était du reste sans défiance contre leur associé et, si elle constatait bien depuis assez longtemps chez lui un certain mauvais vouloir, du moins ne l'eût-elle pas soupçonné de trahison.

Cependant ce potin était très fâcheux, survenant dans un moment où il fallait à tout prix rendre l'archiduc le plus possible intéressant.

Mais on ne pouvait plus l'arrêter, et sans doute il courait déjà le monde par centaines de mille d'exemplaires : il fallait se résigner à l'esclandre, tâcher seulement d'obtenir de la presse qu'elle n'en parlât plus les jours suivants.

La comtesse Strelguine se chargerait d'aller voir pour cela les rédacteurs : elle paierait ce qu'il faudrait ; prodiguerait l'or et les sourires ; elle s'y entendait.

Par exemple, ce qu'il fallait éviter surtout, c'était que Marie lût les journaux ce jour-là ; et la princesse les fit disparaître.

Malheureusement, elle comptait sans l'imprévu.

Mlle Abend eut à sortir pour faire quelques emplettes : il faisait un temps superbe et, au lieu de prendre le coupé qui servait à ces dames pour leurs courses en ville, elle préféra sortir à pied avec sa femme de chambre.

Elle ne fut pas plus tôt dehors qu'un journal porté en bannière par un crieur attira ses regards : une large manchette s'étalait sur la première page :

LE SCANDALE DE GORTCHERSTRASSE ! ! !

LES AMOURS DE L'ARCHIDUC ! ! !

Elle l'acheta, vivement impressionnée par ce titre et, dès qu'elle fut de retour à l'hôtel, s'empressa de le lire en cachette.

Elle avait, au début de ses relations avec l'ar-

rables ; lorsqu'ils seraient mariés, dame, il pourrait de temps à autre, si le cœur lui en disait...

Mais d'ici-là, elle n'entendait pas lui laisser la
bride sur le cou ; l'exposer ainsi à se faire prendre
en d'autres filets.

Dès la première visite de l'archiduc, en effet,
elle aborda ce sujet avec lui.

Il ne savait encore rien des faits qui s'étaient
passés la veille même ; comme les articles où il
était question de la séance ne lui étaient généralement pas favorables, l'aide-de-camp chargé
de lire cette semaine-là les journaux n'avait pas
cru devoir lui en parler, espérant lui aussi que
ce scandale serait promptement oublié.

Ralph, qui arrivait la bouche en cœur, ne fut
donc pas peu étonné d'entendre Mlle Abend lui
dire d'un air glacial :

— Permettez-moi mon Prince de vous féliciter
sur vos succès ; vous êtes décidément un heureux
mortel !... Oserai-je vous demander si depuis longtemps vous n'êtes allé chasser à Maygenbrück?...

Une rougeur fugitive colora le front de Ralph :
Il était loin de s'attendre à cette boutade, dont
il ne comprit qu'à peu près l'intention.

Il n'avait jamais été homme à prendre une dif-
ficulté par les cornes ; sentant gronder l'orage
provoqué sans doute par quelque indiscrétion, il
essaya de le détourner par une réponse évasive :

— Ileu, chère amie, il fait si mauvais temps!... Et puis, vous me rendez le séjour de Vienne si agréable !

— Combien Votre Altesse est aimable !... En attendant de louer la petite maisonnette de Werstenheir, où l'on serait si bien, paraît-il, cette pauvre M{^{lle}} Fischer doit bien s'ennuyer?...

A ce coup droit, Ralph fut tout à fait abasourdi.

Comment, elle était renseignée à ce point-là !... Etait-ce donc bien chez la princesse qu'il avait perdu cette lettre, à laquelle il ne songeait déjà plus?...

— Mais... mais... fit-il au comble de l'embarras, je ne sais pas... je ne comprends pas ce que vous voulez...

— Je vais donc avoir le plaisir de vous renseigner, Altesse ; car vous êtes sans doute actuellement la seule personne dans Vienne qui ne sache rien de cela... Tenez !

Et elle tira de son corsage le journal acheté pendant la journée.

M{^{me}} de Vorischner qui, occupée à une broderie, les avait vus avec inquiétude se réfugier en un coin du boudoir et qui n'augurait rien de bon de l'air revêche de son élève, suivait de regards furtifs les phases de leur conciliabule.

En voyant surgir le journal elle comprit ce

dont il s'agissait et, appréhendant d'être appelée à leur servir d'arbitre, ce qui pouvait être fort épineux, elle s'esquiva prudemment; tandis que Ralph, lisant l'article sous l'œil soupçonneux de Mlle Abend, tombait des nues à chaque ligne.

— Eh bien? lui demanda Marie d'un air pincé, lorsqu'il eut terminé la lecture.

— Eh bien ma chère Marie, je vois... je vois bien!... évidemment c'est très regrettable!... Mais, que voulez-vous que j'y fasse?... C'est encore une méchanceté de la presse!

« Je n'y puis rien!...

— Oh! la presse a bon dos; je le sais! mais la presse n'a pas inventé la lettre de cette... de cette demoiselle?...

« Croyez-vous que les journalistes aient tant d'imagination?

— Mon Dieu non!... pas précisément... le fait est que... d'ailleurs, je me demande comment cette lettre se trouve entre leurs mains...

— Ah! fit-elle, furieuse à froid; vous voyez bien!... vous en aviez donc reçu l'original?

— Certainement!

— Et, oserai-je vous demander si vous êtes en relations suivies avec cette... cette personne?...

— Heu!... C'est-à-dire que... vous comprenez...

Ce qu'elle comprenait surtout, c'était que son trouble allait s'augmentant.

Il aimait Amélie d'une affection vraie : il avait pour elle de la tendresse et de l'estime ; il ne voulait pas la désavouer.

Mais il aimait Marie, aussi, quoique de façon différente : et il ne voulait pas rompre avec l'espoir de posséder encore cette ravissante créature dont la grâce, la souplesse, l'enivraient ; il se croyait d'ailleurs tenu vis-à-vis d'elle à de grands égards, à cause de « ce qui était arrivé ».

Mlle Abend, se méprenant sur la véritable cause des tergiversations de l'archiduc, ne voyait dans son attitude embarrassée que la confirmation de ses soupçons.

Elle était outrée, d'autant qu'elle jugeait à la piètre mine de Ralph qu'il devait être très tendrement épris de cette... demoiselle.

La jalousie, la crainte que son amant, détaché d'elle par cette liaison, lui échappât, la tourmentaient en ce moment à un égal degré.

Elle froissait fiévreusement le journal dont le silence du prince ne soulignait que trop les révélations ; et, enfin, croyant son rêve de porter couronne près de s'évanouir, précisément quand elle en entrevoyait la réalisation, et alors que son cœur commençait à battre sincèrement pour l'archiduc, elle n'y tint plus, fondit en pleurs...

De grosses larmes roulèrent sur ses joues déco-
lorées par le dépit.

Faible et bon comme il l'était, l'archiduc fut
profondément touché de l'expression d'un désespoir dont le mobile après tout était si flatteur
pour son amour-propre. Il prit Mlle Abend entre
ses bras, lui prodigua d'affectueuses paroles; elle
se tenait blottie contre lui et renversait sur le
bras qui la soutenait, sa tête charmante: le
chagrin donnait à sa physionomie une nouvelle beauté; de longs sanglots soulevaient son
corsage.

Ralph était non moins ému qu'elle: il l'em-
brassait tendrement, il lui promit de tout lui dire,
l'assura qu'il la préférait à tout... à tout!

— Bien vrai? demanda-t-elle à travers ses
larmes.

— Oh, vrai!... bien vrai!...

Elle se calma un peu, soupira longuement,
sans pour cela chercher à se dégager de la douce
étreinte de l'altesse.

Et si Mme de Vorischner, qui était pourtant
avisée, avait pu supposer comment finirait la querelle, elle ne se fut pas éloignée... sans faire par
mesure de précaution enlever l'ottomane.

. . . .

. . . .

. . . .

Quand la princesse revint, elle trouva les jeunes gens assis côte-à-côte, complètement réconciliés, causant à demi-voix très affectueusement.

En son for intérieur, elle se réjouit de leur réconciliation, et elle jugea plus convenable de reprendre sa broderie comme si elle n'eût pas remarqué leur mésintelligence passagère.

Ralph tenait sa promesse.

Il racontait à Marie l'histoire de sa liaison avec Mlle Fischer.

Sauf un instant d'oubli, disait-il, et dont elle avait le tact de ne jamais parler, il n'y avait rien eu entr'eux : rien ; pas ça ! Il faisait claquer son ongle sous une de ses dents blanches.

Et il la vanta, n'en dit, d'ailleurs, que le bien qu'il en pensait... en l'arrangeant un peu.

C'était une femme très remarquable, d'une grande intelligence, d'un grand cœur, qui avait besoin de se dévouer à une noble cause : elle avait même une âme trop virile, pour une personne de son sexe.

Une femme du peuple, oui ! mais, si bien élevée !... d'une telle délicatesse !... d'une telle droiture !... Et puis, elle était uniquement préoccupée de son idéal : un peu exaltée, certes ; mais si enthousiaste !... si convaincue !... Bref, une héroïne de roman ou de révolution. Une de ces dévouées fanatiques sur lesquelles les princes peuvent avoir besoin de compter pour influencer les masses : une bonne fanatique ; et, au point de vue féminin, pas autre chose.

Car, pour l'amour... elle n'y pensait même pas ; l'amour pour elle n'était qu'un vain mot : elle n'était capable d'amour que pour le peuple, les prolétaires ; quant à cette lettre, ce devait être, en partie du moins, l'œuvre d'un mystificateur.

L'original ne ressemblait pas à cela du tout.

Amélie était bien capable, avec sa nature ardente, d'écrire des choses enflammées, mais à propos de socialisme seulement.

Mlle Abend avait maintenant de bonnes raisons pour se montrer plus calme, plus rassurée ; elle était ravie de toutes ces explications et de bien d'autres, que Ralph lui prodiguait. Elle ne redoutait plus l'influence d'Amélie. Et même cette liaison, cette amitié platoniques entre elle et l'archiduc, ce dévouement pour le prince de la fille du forestier, l'exaltation de cette jeune femme qui rêvait de s'arc-bouter au trône pour émanciper le peuple, avaient quelque chose de romanesque, de piquant — d'attendrissant, aussi.

L'altesse ne tarissait pas d'insinuations, destinées à amortir des chocs possibles dans l'avenir ; et Marie, dès que ses ambitieuses espérances ne couraient plus aucun danger, trouvait cela charmant.

— Comme ce doit être une femme sympathique et intéressante, fit-elle avec admiration. Quel bonheur, de pouvoir s'élever ainsi au-dessus des passions ordinaires!... Je voudrais bien la connaître!...

Ralph n'avait pas prévu cette complication.

Il lui fallait pourtant faire bonne contenance, sous peine de perdre le fruit de son éloquent machiavélisme.

— Eh bien chère amie, répondit-il crânement, **je vous promets de vous la présenter... un de ces jours !**

XXIII

Cependant le baron attendait avec impatience le résultat du coup qu'il avait monté avec tant de soins.

Un jour, deux jours, trois jours se passèrent... Rien !

Pas de nouvelles !...

Les journaux, même, ne parlaient plus du scandale de chez Rudolph Pfeiffer.

Son valet de chambre qu'il envoya prendre des nouvelles de la santé de l'archiduc, lui répondit que Son Altesse se portait comme un charme.

A Maygenbrück on n'avait pas vu Charles Fischer. Le garde, sa fille, paraissaient calmes comme si rien ne se fût passé,

C'était un peu fort !...

Ce typographe, que l'on faisait passer pour un fier-à-bras, n'était donc qu'une poule mouillée ?

Comment ! Voilà un imbécile dont on ruinait la candidature, que l'on couvrait de boue, dont on

brisait les espérances, et qui ne bougeait plus !...
L'on insultait sa sœur, on lui livrait — et dans
quelles circonstances ! — le nom du suborneur
auquel incombait la responsabilité de tout, on le
couvrait d'opprobre, lui et les siens, et il ne donnait plus signe de vie, ne s'agitait pas, ne cherchait pas à se venger !

Ah ! par exemple !...

L'on armait son bras, il n'avait qu'à frapper !

A l'entendre crier, l'on eût cru qu'il allait
mettre l'archiduc en pièces; et, tout d'un coup,
il s'effaçait, restait coi sur les décombres de son
honneur !...

Quel couard !... on ne pouvait donc plus compter sur personne !

Le baron était furieux,.... furieux !

Jamais il n'eût cru cela de ce Fischer, non
jamais !... Il eut bientôt l'explication d'une telle
conduite par Hans Stielmans, qui battait Vienne,
en quête de renseignements. Charles Fischer était
en prison.

On ne savait où...

Le lendemain de son arrestation, il avait com-
paru, en compagnie de rôdeurs et de filles arrêtés
pendant la nuit, devant un officier de police qui
lui avait fait subir l'interrogatoire d'usage.

Mais, quelques heures passées au violon
n'avaient fait qu'exaspérer Charles davantage.

il fut insolent envers le magistrat et, poussé à bout, il confirma pleinement, par ses réponses violentes, le rapport des agents qui l'avaient conduit au poste : « Il les tuerait!... oui!... oui!... il les tuerait tous deux; l'homme à la casquette (il voulait parler de Stielmans qui, en effet, assistait à la réunion coiffé d'une casquette), et l'autre! l'autre!... l'archiduc : ce vil aristocrate, ce corrompu! Oui, il les tuerait!... »

Et comme l'officier de police lui enjoignit brutalement de se taire, il le menaça de le tuer aussi, lui, après les autres...

On le prit pour quelque énergumène de l'anarchie et on le mit au secret.

Les informations recueillies par le perruquier s'arrêtaient là.

Cependant le magistrat fut d'autant plus inquiet des menaces proférées par ce brigand qu'après l'avoir fait enfermer, il trouva dans les journaux du matin le compte-rendu amplifié de l'événement de la veille. Il s'empressa d'aviser le directeur de la police de la capture d'un personnage aussi dangereux et compromis que Charles Fischer.

Le haut fonctionnaire, effrayé de son côté, crut devoir se rendre immédiatement auprès de l'archiduc afin de le mettre en personne au courant de ce qui s'était passé.

Mais Ralph qui, d'ailleurs, ne soupçonnait rien de pareil, flaira en cette démarche quelque ennui politique et pria M. de Hatzfeld de recevoir le directeur. Or, l'aide de camp connaissait déjà le scandale, et avait trouvé plus à propos de n'en point parler à son maître : il garda le même silence vis-à-vis de Son Altesse quant à l'arrestation du typographe, et prit sur lui d'inviter le fonctionnaire à tenir Charles Fischer sous les verrous jusqu'à ce que ce regrettable esclandre fût oublié.

Pendant ce temps, le démagogue s'apaiserait certainement; on le relâcherait plus tard, lorsqu'il ne serait plus question de tout cela et que les élections, dans un sens ou dans l'autre, seraient un fait accompli.

L'on éviterait sans doute ainsi que ce malheureux égaré se portât sur la personne de Son Altesse à de fâcheuses extrémités. Le fonctionnaire s'inclina.

Et, le jour même, très secrètement, Charles fut conduit en voiture cellulaire au fort d'Hellsuzt, destination qui restait inconnue même aux agents du poste de police où il avait couché. Au fort, on l'enferma dans un cachot retiré et le gouverneur reçut l'ordre de ne le laisser communiquer avec personne.

Le mystère qui entourait cette sorte d'escamotage du typographe n'était pas fait pour calmer l'irritation de M. de Swarbrorg; au contraire.

Cet imbécile en cage, le coup était bien raté; l'archiduc pouvait se vanter de l'avoir échappé belle !...

Sûrement Fischer l'eût tué, s'il eût pu parvenir jusqu'à lui au sortir de la séance.

Hermansser et Stielmans qui se trouvaient avec M. le baron dans son cabinet, le lui répétaient : l'on ne pouvait imaginer à quel point ce pauvre garçon était vindicatif, violent, résolu... S'il n'avait pas rencontré le prince tout de suite, il l'eût poursuivi sans relâche, le lendemain, le surlendemain, tous les jours, eût fini par se trouver sur son chemin, et ne l'eût pas manqué. C'était grand dommage qu'il fût tombé en pleine patrouille; la police, réellement, ne faisait que des sottises. Sans elle, ça y était : Son Altesse y passait. Tandis qu'à présent, qui pouvait dire comment cela tournerait?... Une occasion se représenterait-elle? Et sortirait-il bientôt de prison, seulement, le typographe?...

— Dites-moi, Hermansser, demanda le baron soucieux, croyez-vous que, là-bas, la petite ne sache rien?

— Absolument rien !... Demandez plutôt à mon ami Hans!

— Comment cela, Stielmans?

— Très simplement, monsieur le baron! La petite lit tous les jours l'*Echo de Vienne* pour y trouver des nouvelles de son amant. Or, en sa qualité de feuille mondaine, l'*Echo* avait jugé oiseux d'envoyer un reporter à une réunion ouvrière. Je n'ai donc porté le compte-rendu de la séance à ce journal qu'alors que je savais que le tirage serait commencé. Naturellement, en présence de nouvelles aussi importantes, on a arrêté les machines, composé rapidement l'article et changé la mise en pages en supprimant d'autres choses pour faire place à mon compte-rendu. Puis on a recommencé à tirer le journal, abandonnant la première édition, dont j'ai pris quelques exemplaires. Et c'est un de ceux-là qu'Hermansser a pu faire remettre à la petite Fischer par Fritz qui va acheter, tous les jours, l'*Echo de Vienne* pour elle à Kornemburg.

— Bravo! s'écria M. de Swarbrorg avec admiration, voilà qui est très fort!

— Oh! fit modestement le perruquier, cela n'est rien... Monsieur le baron verra, plus tard, ce dont nous sommes capables, Hermansser et moi!

— J'avoue que je n'avais pas songé à prendre des précautions de ce côté... Vous aviez raison : il valait mieux qu'elle ignorât le scandale jusqu'au dernier moment.

— Parbleu! sans quoi elle eût vu à ce sujet l'archiduc, et, en tout cas, eût cherché à apaiser son frère...

— Bref, tout cela est fort désagréable... sapristi!... Nous avions la partie si belle!... c'est le maître qui aurait été content!... Tout est à recommencer! il n'y a pas de justice divine, vrai!...

Le baron ne concevait évidemment pas que la Providence mît un tel acharnement à contrecarrer ses projets.

Hermansser, en entendant parler du maître, eut un gros soupir. C'est que le personnage en question avait entre les mains de quoi faire jeter l'ancien pharmacien dans la réclusion de quelque cellule pour le reste de ses jours, à moins qu'il préférât le faire pendre. Deux empoisonnements, trois avortements, des ventes clandestines de toxiques destinés à de criminels usages, des faux, une banqueroute, tel était le bilan du dossier d'Hermansser, dont l'Excellence, pour beaucoup de raisons, avait obtenu l'impunité temporaire et conditionnelle.

Mais le ministre aimait à être bien servi.

Malheur à ceux qu'il disgrâciait pour avoir été des instruments infidèles ou maladroits!... L'ex-pharmacien, comme on dit, n'en menait pas large.

Quant à Stielmans, il ne savait pas qui était ce

« maître » et ne le demandait point, étant très discret et n'aimant pas à se mêler des affaires des autres.

— Et maintenant, demanda Hermansser, que compte faire monsieur le baron?

— Maintenant?... Rien en quoi vous puissiez m'aider. Il faudrait, évidemment, retarder, sinon empêcher le divorce de l'archiduc. Peut-être le typographe, entre temps, sortirait-il de prison. On pourrait alors faire naître une autre occasion, trouver autre chose pour lui monter la tête : machiner quelque chose là-bas, à Maygenbrück; ah! Seigneur! ce serait si commode, comme cela, en plein bois... loin de tout!... L'essentiel est donc de gagner du temps; car, une fois ce niais remarié, ou seulement divorcé, ce sera fini pour nous, l'on n'aura plus besoin de nos services... Ils le supprimeront tout aussi complètement, eux, les autres. Seulement, ce sera une suppression morale; tandis qu'avec nous la suppression serait totale... Enfin... j'y vais réfléchir; allez-vous-en; je vous ferai demander, au besoin!...

XXIV

Il fallait à tout prix retarder, sinon empêcher le divorce de l'archiduc. Le baron n'avait plus que cette ressource pour essayer de réaliser son propre plan, par des moyens qui restaient à trouver, puisque la cabale ourdie contre le typographe avait avorté.

Mais, comment déjouer les combinaisons du jésuite? Depuis que ce dernier était à Rome, il avait eu le temps d'obtenir l'assentiment tacite du Souverain Pontife : on ne pouvait que formuler des suppositions à cet égard, Monseigneur étant très réservé et ne disant de ses projets que tout juste ce qu'il en voulait faire connaître; et personne ne savait quels étaient les hauts personnages dont le prélat avait escompté l'influence.

D'un autre côté, le baron ne se dissimulait pas que, moins bien armé que son rival, il pouvait échouer dans sa tentative de contre-sape; en tous cas il ne pouvait espérer la mener comme le Florentin jusqu'au bout dans un secret absolu. Qu'il réussît ou qu'il manquât son but, cela pouvait se savoir, et alors dans quelle posture se trouverait-il, entre la princesse, le jésuite et l'archiduc?...

M. de Swarbrorg, tout en tisonnant, spéculait de la sorte, et comme conclusion ne trouvait rien, sinon que tout cela était bien scabreux, plein d'aléas. Il en vint à se demander sérieusement si, au lieu de dépenser ses efforts et son temps, peut-être pour, en fin de compte, ne rien recueillir, il ne ferait pas mieux de « vendre la mèche » tout de suite à l'archiduc, comme il y avait déjà songé. Il lui dénoncerait les intrigues auxquelles était livrée Son Altesse et l'avenir de l'archiduché, le mettrait en garde contre les séductions dont on l'entourait, le sauverait.

Le prix de sa délation empoché, il quitterait Vienne, irait vivre grandement n'importe où, à Paris, par exemple, sous un nom d'emprunt; et là, il se moquerait bien de l'Excellence et du jésuite. Celui-ci ne pourrait guère lui nuire à l'étranger; quant au premier, il pourrait faire ce que bon lui semblerait de certains papiers qu'il conservait précieusement et qui avaient trait au motif de la démission du lieutenant baron de Swarbrorg. Là où il aurait fixé ses pénates, il se soucierait peu de ce que le monde pourrait penser de l'ancien officier, concussionnaire, voleur au jeu et faussaire; on pourrait même, par surcroit, le juger, le condamner par contumace aux galères. Ce que cela lui serait égal!... Mais que pouvait-on demander à l'archiduc pour prix d'un tel service? Combien cela valait-il? C'était à voir...

Cela dépendrait des dispositions dans lesquelles se trouverait l'archiduc, de ses ressources, de beaucoup de considérations...

Cependant, il fallait tâter le terrain sans retard; le jésuite, à Rome, ne devait pas tergiverser, lui...

Le baron se rendit au Cercle-Royal.

L'archiduc y venait assez régulièrement et s'y trouvait ce soir-là. Il accueillit M. de Swarbrorg avec sa cordialité accoutumée.

— Je suis aise de te voir, mon cher baron, voici quelques semaines que nous ne nous étions rencontrés!

— Oui, j'ai dû m'absenter, je suis rentré à Vienne seulement ces jours-ci. Et, de mon côté, je suis fort heureux de te voir ce soir, car j'ai un service à te demander. Peux-tu me consacrer quelques instants?

— Volontiers!

Le baron attira Ralph dans l'embrasure d'une fenêtre, loin des oreilles indiscrètes et, à brûle-pourpoint, il lui demanda :

— Altesse, as-tu beaucoup d'argent?

— Ah! s'écria l'archiduc qui éclata de rire,

quelle bonne plaisanterie!... Je croyais que tu
allais me dire quelque chose de très dramatique!...
Certainement que j'ai de l'argent!...

Il glissa sa main dans sa poche :

— Combien veux-tu?

Il croyait, sans doute, que M. de Swarbrorg
venait de perdre au jeu.

— Merci, fit ce dernier en souriant, je n'ai pas
oublié ma bourse; ce n'est pas de quelques sou-
verains qu'il s'agit; j'entends te demander si tu
pourrais disposer, à bref délai, d'une grosse
somme : deux millions par exemple?

Le visage du prince se rembrunit :

— Mon pauvre baron!... Tu es donc complètement nettoyé? Par malheur, ta question tombe
on ne peut plus mal en ce moment, je puis dire
sans métaphore que je suis sans le sou... sans le
sou!... Que c'est donc ennuyeux! Tu ne pourrais
pas t'en sortir avec moins? Tu n'as pas quelques
jours? Ces deux millions, on pourrait les trouver,
peut-être!...

— Oui! fit le baron, évidemment contrarié,
mais cela demanderait assez longtemps?

— Mon Dieu, voyons, — l'altesse parut passer
mentalement en revue ses banquiers ordinaires
et marmotta :

— J'ai emprunté au comte Friedzenscky... je
dois à Inuntschoff... je dois à ce juif de baron

Weill... à Taveny... il ne me reste plus que Sczarchen; oh! celui-là!... il me demandera sûrement une hypothèque sur Maygenbrück; cela prendra bien un mois...

— Un mois, diable!... c'est long!... l'archiduchesse?...

— L'archiduchesse, mon cher... elle ne me prêterait pas un ducat!... Elle est d'une avarice!... Que je suis contrarié de te voir dans un tel embarras!... C'est donc bien urgent?... Tu ne peux pas me dire ce dont il s'agit?

Le baron feignit une certaine hésitation.

— Oh! si,... je puis bien te le dire!... C'est une vraie tuile!... Je suis administrateur d'une société financière de Berlin; je crois t'en avoir parlé?...

— Non!... je savais seulement que tu as de gros intérêts en Allemagne.

— Parfaitement!... Eh bien, un de mes collègues a tripoté et, finalement, levé le pied avec la caisse; de sorte que les autres administrateurs sont obligés de payer le déficit, afin que la société ne soit pas mise en faillite; notre honneur, tu comprends... Oh! cela s'arrangera, va! Je vais bien trouver...

— Sacré mâtin! mais ce n'est pas gai du tout, cela!... Quelle idée, aussi, de t'occuper d'affaires d'argent!...

— Que veux-tu, Altesse! les circonstances...

— Est-ce qu'avec quelque cent mille florins?...

— Quelque cent mille?... Combien?...

— Heu! je ferais bien... voyons... trois cent mille?...

— Non, merci! ce serait insuffisant!... Merci mon bon, mon cher ami!... Je savais bien que tu ferais l'impossible!... Aussi me suis-je tout de suite adressé à toi!... Mais il me vient une idée... tout n'est pas perdu!... Je sais presque où les trouver...

— Tu me vois désolé...

— Que cela ne t'inquiète plus, Altesse... Je sortirai promptement de ce pétrin : je vais partir pour Berlin; là-bas, j'aurai cela dans les vingt-quatre heures!

— Le ciel t'entende! mon cher ami... Jamais je n'ai tant regretté qu'en ce moment mon manque d'économie... Si j'avais ces deux millions!...

— Je le sais... je le sais. Je sais combien tu es serviable; mais, je te le répète, n'en aie plus de souci. Avant quinze jours tout sera réparé. Tu ne parleras de cela à personne, n'est-ce pas?

— A personne!

Ils se séparèrent.

Et le prince restait réellement contrarié de ne pouvoir obliger un aussi aimable compagnon, un si parfait galant homme; tandis que l'aimable

A 10   3

compagnon, tout en regagnant sa voiture, mau-
gréait :

— Crétin ! va... Ah ! tu n'as pas deux millions !... Eh bien ! tant pis pour toi, le sort en
est jeté. Je partirai demain pour Rome !...

Cependant, il hésita encore ; irait-il oui ou non,
tenter auparavant de vendre à l'archiduchesse
« la mèche » que son mari n'était pas en état de
payer deux millions ?... C'était aléatoire. Cette
sotte bécasse, comme en son for intérieur il qua-
lifiait la princesse, passait en effet pour être d'une
parcimonie redoutable ; molle, pleurarde, inintel-
ligente, elle serait de force à provoquer un
esclandre en allant tout conter à son beau-père.
De telle sorte que ce serait encore lui, Swarbrorg,
qui paierait les violons. Merci bien !

Il en avait assez !

Réflexions faites, il partirait.

Au petit bonheur !

En rentrant chez lui, il fit faire ses malles,
annonça qu'il partait le lendemain pour Berlin ;
et, afin de prévenir toute indiscrétion, il prévint
qu'il se rendrait à la gare dans une voiture de
place afin, dit-il, de ne pas faire, en cette saison,
sortir ses chevaux d'aussi bon matin. En conséquence, il donna l'ordre de faire venir un fiacre
à la porte, de bonne heure.

———

XXV

M. de Swarbrorg était déjà **venu** à Rome.

Deux ans auparavant l'Excellence allemande l'y avait envoyé en mission secrète.

Il s'y était ainsi créé dans le monde politico-financier de solides relations dont il espérait pouvoir se servir, car il arrivait sans plan bien précis.

L'on ne pénètre pas facilement auprès du Souverain Pontife; l'audience qu'il faut lui demander peut, en raison du nombre considérable de solliciteurs, n'être accordée qu'après une attente de plusieurs jours.

Toutefois, il peut suffire de la bienveillance d'un cardinal pour que l'on bénéficie d'un tour de faveur; mais, les cardinaux ne favorisent pas en cela n'importe qui; ils réservent avec raison les passe-droits qu'ils croient pouvoir se permettre aux personnes qui aspirent à s'entretenir avec le Saint-Père de choses intéressant surtout la Chrétienté.

Entre autres personnages importants de Rome,

le baron connaissait parfaitement le comte Lombardini, cet agent de change richissime qui se rendit célèbre par ses infructueux essais d'institution d'une *Banque Nationale Catholique Italienne* ,destinée dans son esprit à ruiner la prépondérance de la haute finance israélite.

Le comte était « *personna gratissima* » au Vatican, grâce à l'obligeance pécuniaire dont il avait maintes fois fait preuve envers la Trésorerie du Saint-Siège dont il était, d'ailleurs, un des soutiens les plus convaincus et les plus distingués.

Ce fut à lui que M. de Swarbrorg pensa à s'adresser pour obtenir du Pape une audience absolument privée. Le banquier était le propre beau-frère du cardinal Coriolani, dont tout le monde connaissait l'ambition et qui rêvait déjà à cette époque de s'asseoir un jour sur le trône de Saint Pierre. Le cardinal provenant du clergé séculier savait, d'ores et déjà, que sa candidature rencontrerait une vive opposition chez ceux de ses collègues qui tenaient de près ou de loin, à la Compagnie de Jésus dont il s'était, en toute occasion, montré l'adversaire déclaré ; et cette prévision l'inquiétait d'autant plus qu'il ne pensait pas trouver de solides appuis dans les cours d'Europe qui avaient, naturellement, des candidats tou indiqués à soutenir.

Le baron comptait bien exploiter à son profit les espérances et les appréhensions de l'Eminence.

Et d'abord, connaissant le peu de sympathie que le cardinal accordait aux jésuites, M. de Swarbrorg pouvait être certain que, ni le Florentin, ni les personnages qui le secondaient n'avaient sollicité son concours en faveur de leurs projets. Monseigneur Coriolani, certainement, les eût plutôt desservis auprès du Souverain Pontife. D'un autre côté, le baron espéra que le Prince de l'Eglise, afin de se ménager pour l'avenir des influences souveraines, saisirait avec empressement l'occasion d'être agréable à l'archiduchesse de Donau-Schönbourg qui jouissait, grâce à sa sa piété, d'un grand crédit auprès du nonce et de la haute société de Vienne. Or, l'archiduchesse ne savait encore rien de ce qui se tramait contre elle et ne divorcerait évidemment pas volontiers. Elle ne pourrait qu'approuver, le cas échéant, des démarches faites dans son intérêt.

M. de Swarbrorg dressa ses batteries.

Il s'était pourvu de tout ce qui pouvait faciliter matériellement l'accomplissement de ses desseins.

L'art d'imiter les écritures lui était familier depuis longtemps. Grâce à ses relations secrètes parmi les gens de Leurs Altesses, il avait pu se procurer aisément du papier à lettres, timbré aux armes archiducales, un sceau semblable à celui de l'archiduchesse, d'autre papier, timbré à d'autres armes, avec les cachets de même ; bref, un complet outillage de faussaire.

Lorsqu'il eut obtenu du comte Lombardini que celui-ci lui ménageât prochainement une entrevue avec son illustre beau-frère, il se mit à la besogne et commença par fabriquer des lettres de recommandation... officieuses, qu'il signa effrontément de noms connus de diplomates avec lesquels il croyait savoir que le cardinal n'était pas en relations personnelles. Et, la main faite, réhabituée à l'imitation minutieuse, il contrefit à s'y méprendre l'écriture de l'archiduchesse en une lettre qu'elle serait censée avoir écrite au cardinal et que, par dévouement pour elle, il se serait chargé de remettre au destinataire :

« Eminence,

« Une grande iniquité est sur le point de s'ac-
« complir. S. A. l'archiduc, mon auguste époux,
« cédant à de pernicieuses influences, cherche,
« avec l'appui de la Compagnie de Jésus, à sur-
« prendre le consentement du Souverain Pontife
« à notre divorce, afin de pouvoir ensuite épou-
« ser sa maîtresse.

« Si je devais être l'unique victime de l'acte
« odieux qui se prépare, je m'inclinerais sans
« murmurer devant les volontés de mon époux.

« Malheureusement, je tiens de source certaine
« qu'en échange des services officieusement ren-
« dus en cette circonstance à Son Altesse, l'on
« exigera d'elle le complet asservissement de la
« Maison archiducale à une politique néfaste
« pour nos Etats et contraire aux intérêts de
« l'Eglise, en ce qu'elle favorisera dans l'archi-
« duché l'expansion du protestantisme.

« Connaissant votre haute réputation de Sain-
« teté et le crédit immense dont vous jouissez à
« si juste titre, j'espère, Eminence, que vous vou-
« drez bien me prêter l'appui de vos conseils et
« de votre influence pour m'aider à déjouer les
« détestables projets de mes ennemis. M. le baron
« de Swarbrorg, un de nos amis les plus dévoués,
« aura l'honneur de soumettre à votre appré-
« ciation éclairée les explications que vous vou-
« drez bien lui demander sur ce pénible sujet et,
« en même temps, de vous assurer, Eminence, des
« sentiments filiaux de votre dévouée servante.»

M. de Swarbrorg avait raisonné juste. Le cardinal fut enchanté de trouver l'occasion de faire
pièce aux jésuites, tout en s'assurant pour l'avenir la reconnaissance de l'archiduchesse. D'ailleurs, la cause de cette dernière, en elle-même,
était juste et intéressante, comme le baron n'eut
pas de peine à le lui démontrer. Les recommandations diplomatiques, que le faux émissaire de

la princesse Caroline avait fabriquées, produisirent aussi un excellent effet sur l'esprit de l'Eminence. Rendre à des ambassadeurs ce service qu'ils lui demandaient de favoriser les démarches du baron, c'était obliger implicitement leurs gouvernements qui, sans doute, en témoigneraient à l'occasion quelque gratitude.

M. de Swarbrorg, d'ailleurs, lui donna à cet égard les plus formelles assurances.

Sur les pressantes instances du cardinal, le Souverain Pontife consentit à entendre M. de Swarbrorg très peu de jours après l'entrevue dans laquelle ce dernier avait prié l'Eminence de lui faire obtenir une audience.

Le Pape les reçut donc tous deux un matin. Ce fut le prince de l'Eglise qui exposa verbalement à Sa Sainteté l'objet des démarches dont l'archiduchesse avait chargé l'un « de ses amis les plus dévoués ».

La grande figure du pape Henri XIII occupera dans l'histoire une place considérable, par l'ampleur de ses idées, la bienveillante tolérance qu'il a apportée dans le fonctionnement du catholicisme, par son libéralisme éclairé, son immense bonté, ses hautes vertus, son impartialité, son génie politique, il a mérité l'admiration de tous les hommes d'Etat, ses contemporains, ainsi que le respect des partis même les plus hostiles à l'Eglise.

Le baron savait que, prévenu, le Saint Père ne laisserait pas une infamie s'accomplir et, en somme, quels que fussent les mobiles qui le poussaient à agir en ces graves circonstances, ce n'en était pas moins une infamie qu'il venait dénoncer au suprême juge des consciences catholiques. Interrogé avec bonté par le Pape, M. de Swarbrorg sut mettre dans ses réponses toute la chaleur que pouvait inspirer une si noble cause.

La requête de l'archiduchesse exposée par Monseigneur Coriolani, le baron entra dans les détails de la question, au grand scandale du Saint Père dont la bonne foi allait, en effet, se trouver surprise. Il daigna s'expliquer :

Il avait reçu deux personnages — qu'il ne nomma point — et qui l'avaient officieusement entretenu des intentions de Son Altesse l'archiduc; on lui avait en quelque sorte demandé une consultation spirituelle sur ce cas extrêmement grave à tous les points de vue.

Et il ne se défendait pas d'avoir émis un avis favorable au divorce, étant données les raisons tellement majeures dont les personnages en question faisaient valoir l'opportunité.

Mais cela n'avait eu aucun caractère officiel.

Sa Sainteté, jugeant d'après ce qu'on lui disait, s'était bornée à déclarer que, si tel était bien le cas, le mariage devait être, en effet, rompu.

Tandis que maintenant, après avoir entendu l'autre son de la cloche, Elle pouvait apprécier différemment la situation. Les révélations que lui apportait le mandataire de Mme l'archiduchesse étaient concluantes et donnaient la clé de certaines choses qui lui avaient semblé d'abord assez énigmatiques.

Le Pape ajouta que les personnages — qu'il continuait à ne pas désigner autrement — lui avaient laissé ignorer le rôle que l'Excellence allemande jouait dans cette instance officieuse. Il ignorait également que l'on eût déjà pourvu au remplacement de Mme l'archiduchesse, par une jeune fille d'origine presque obscure et dont l'habileté constituait, à peu près tout le mérite. Il ignorait que cette intrigante se fut déjà engagée à être plus tard l'instrument d'une politique néfaste pour l'Europe ; bref, il ignorait tout ce qui rendait presque criminelle cette tentative de divorce.

Le baron, enhardi par l'indignation du Saint-Père, fit un dernier appel à sa souveraine justice, lui représenta l'archiduc comme un homme sans caractère, faible et bon, démoralisé par les plaisirs, désarmé contre la perversité de son entourage, livré pieds et poings liés à de mauvaises influences féminines.

Il fit aisément comprendre à son auguste interlocuteur que cette consultation officieuse n'avait eu d'autre but que de capter sa bienveillance et de lui faire engager moralement sa décision pour le jour où l'instance revêtirait un caractère officiel.

Sa sincérité apparente, les accents émus qu'il trouva pour plaider l'intéressante cause de l'épouse menacée dans sa dignité, les hautes recommandations sous le couvert desquelles le cardinal le patronnait ; mieux encore la lettre autographe de l'archiduchesse, lui gagnèrent la sympathie du Souverain Pontife, comme elles lui avaient valu la confiance du cardinal. Ce dernier et le pape ne voyaient plus dans la démarche mystérieuse des autres personnages que le résultat d'une basse intrigue politique ayant pour but de faire tomber ultérieurement le pouvoir entre des mains indignes.

Des manœuvres aussi viles affligeaient douloureusement Sa Sainteté. Elle pria M. de Swarbrorg d'assurer Mme l'archiduchesse que le Saint Siège ne se rendrait pas complice de l'infamie préméditée. Et, afin de bien marquer qu'il entendait ne pas favoriser, dans une nouvelle surprise de sa bonne foi, les déloyales manœuvres des émissaires qu'il s'indignait d'avoir écoutés, le Souverain Pontife écrivit séance tenante, de sa propre main, au plus considérable des deux, que les circonstances l'ayant mis à même d'apprécier exactement la valeur de leur démarche, il croyait devoir les prévenir formellement que jamais il ne délierait un lien dont la rupture exposerait à de grandes infortunes l'Etat et le prince auxquels ils prétendaient s'intéresser.

Il scella, de son sceau aux armes du Saint Siège, la missive rédigée dans ce sens, en termes énergiques et, faisant appeler un garde-noble, il lui donna, à voix basse, des instructions pour la faire parvenir sans retard à destination.

L'officier partit.

. En congédiant ses nobles visiteurs, le pape leur déclara une fois de plus qu'il tiendrait sa promesse et leur demanda, à l'un comme à l'autre, de garder le plus grand secret sur les événements auxquels ils se trouvaient mêlés, afin qu'un déplorable scandale n'en augmentât pas la tristesse.

Le baron n'en demandait pas davantage.

Il remercia chaleureusement l'obligeante Eminence et lui renouvela l'assurance que Mme l'archiduchesse, et même Son Altesse, lorsque le temps aurait dessillé ses yeux, ne se montreraient pas ingrats envers Elle.

Il employa un jour encore à prendre quelques informations sur le compte du jésuite qui, pensait-il, se trouvait encore à Rome. Grâce à ses relations dans la police politique il apprit — non sans joie — que Monseigneur était à Naples, où il devait rester encore trois semaines environ. Il s'y occupait, disait-on, à circonvenir un grand seigneur, très âgé et fabuleusement riche, dans l'espoir d'obtenir, en faveur de « son ordre », une bonne clause testamentaire. Il s'y attardait, confiant, sans doute, dans l'opinion exprimée en premier lieu par le Souverain Pontife et attendant peut-être le résultat d'autres démarches tentées, à son instigation, par ses protecteurs.

M. de Swarbrorg, ravi de cette coïncidence, repartit pour Vienne. Le soir même de son retour, il se rendit au Cercle Royal.

L'archiduc fut la première personne qu'il rencontra en entrant dans les salons :

— Eh bien ! lui demanda celui-ci avec un réel intérêt, où en est ton affaire ? cher baron... Tu sais que, pour ce que je t'ai dit, je reste à ta disposition ?

— Mille grâces ! mon bon ami, répondit joyeusement le coquin, tout s'est arrangé, très bien arrangé, même ! J'espère être bientôt tiré d'embarras complètement.

— Ah ! tant mieux, s'écria le prince en lui serrant les mains, j'en suis bien aise, parole d'honneur ! J'en suis enchanté !

XXVI

La précaution prise par Stielmans, pour empêcher que le compte rendu de la réunion de
Gortcherstrasse ne tombât sous les yeux de
Mlle Fischer, dénotait, chez le perruquier, une
habileté peu commune ; mais, ne l'eût-il pas prise,
qu'Amélie eût quand même ignoré ce qui s'était
passé chez Rudolph Pfeiffer. En effet, les journaux, mis en vente de très bon matin, avaient pu
paraître en ville, mais la censure, à cause des
imputations qu'ils contenaient contre l'archiduc,
s'était empressée de les faire saisir chez les ven-
deurs ; de sorte que, passé dix heures, l'on n'en
trouvait plus sur la voie publique qu'entre les
mains des crieurs qui n'avaient pas encore été
rencontrés dans leur tournée par la police. Ce fut
sans doute l'un d'eux qui se trouva sur le passage
de Mlle Abend, sortie, par extraordinaire, à pied
ce jour-là.

Quant aux ballots destinés à la banlieue et à la

province, l'autorité avait fait retenir aux gares tous ceux dont le départ pouvait être empêché.

Les villages environnant Maygenbrück avaient ainsi été privés de nouvelles, ce qui avait laissé leur population, généralement illettrée, assez indifférente, de semblables intermittences se produisant du reste fréquemment dans la distribution des journaux, grâce à la censure. De sorte que le père Fischer n'entendit pas parler de la bagarre occasionnée par son fils, chez Hans Pfoffküll où, de temps à autre, il allait vider une chope, pour ne pas perdre de vue les habitués de l'auberge, dont aucun ne s'intéressait assez à la politique pour lire les gazettes.

Ralph était resté fort mécontent de la lecture de cet article, qui avait failli le brouiller avec Marie, en même temps qu'il était très regrettable pour Mlle Fischer.

Lorsque, après la scène qui, chez Mme de Vorischner, s'était, par bonheur, dénouée à la satisfaction générale, il rentra à son hôtel, il fit demander M. de Hatzdelt, bien décidé à lui infliger une verte semonce pour lui avoir laissé ignorer une chose aussi grave.

M. de Hatzdelt était absent.

Sa semaine prenait fin le lendemain, et, pressé de courir à ses amours, il avait déjà remis le service au baron de Berzlitz, l'autre aide de camp.

M. de Berzlitz ne savait rien de ce dont il s'agissait. Deux jours s'écoulèrent. Ralph, toujours flamblant pour Mlle Abend, ne pensait plus à la négligence commise par M. de Hatzdelt. Cependant, il n'oubliait pas Amélie. Il était pénétré de remords à la pensée du chagrin que devait lui causer son silence. Chaque matin, il se disait avec conviction : « J'écrirai aujourd'hui ! » Chaque soir, mécontent de lui-même, il se trouvait quelques excuses, ajoutait : « J'irai là-bas demain! »

Mais les jours passaient; il n'écrivait pas, ne quittait pas Vienne.

Quant à l'article, dont il avait déjà oublié les termes, il était bien persuadé que l'on devait n'y voir qu'une méchanceté, doublée d'un tripotage électoral. La lettre d'Amélie, perdue il ne savait où, avait, pensait-il, été trouvée par quelqu'un qui l'avait vendue — peut-être fort cher — à un journal de l'opposition; celui-ci s'était servi de cette trouvaille pour corser l'intérêt d'une réunion d'électeurs en faveur du candidat de son choix et, en même temps, faire monter son tirage.

Ce devait être cela.

Et c'était fâcheux, évidemment, mais c'était fait... On ne pouvait que le déplorer.

Entre temps, arriva la date de l'inspection générale de la garnison de Vienne.

L'archiduc avait le grade honoraire de général

de cavalerie, l'arme qu'il eût préférée s'il eût été appelé à servir effectivement dans l'armée. De bonne heure, — à quatorze ans, — il s'était vu conférer le grade de sous-lieutenant de hussards, ce qui ne l'obligeait qu'à porter, dans certaines fêtes officielles, un brillant uniforme, sous lequel il fit ses premières conquêtes dans le monde galant. Il s'acquittait si merveilleusement de ce devoir peu compliqué, avec sa jolie tournure aristocratique, son frais visage de fille, ses grands yeux bleus, que le peuple, enthousiaste de sa grâce et de son amabilité bien connue, lui avait décerné ce surnom de « petit hussard » qu'on lui donnait encore, un peu dans tous les mondes, bien que, de grades en grades, toujours honoraires, il fût parvenu à la dignité de général inspecteur, qui lui laissait environ trois cent cinquante jours de loisirs par an.

Mais on était à l'époque où ces fonctions, ordinairement nominales, lui créaient, pour une semaine ou deux, un semblant d'occupation.

Il reçut donc de son père, chef suprême de l'armée, l'ordre de procéder à la grande inspection annuelle des troupes casernées à Vienne.

Cela lui prit la meilleure partie de ses journées ; il ne pouvait aller à Maygenbrück le soir, et, d'ailleurs, il consacrait à Mlle Abend toutes ses soirées libres.

Et puis, insensiblement, la contrariété qu'il avait eue en songeant au chagrin que devait éprouver Amélie, s'atténuait, se dissipait. Il la verrait dès qu'il le pourrait, s'excuserait, se ferait pardonner; elle ne pouvait lui en vouloir, en somme, de ce qu'il était si occupé!.. Bref, plusieurs semaines s'écoulèrent sans que Mlle Fischer reçut de réponse. Cette négligence inexcusable ne lui sembla que trop significative. Elle se sentit délaissée tout à fait, crut n'avoir été qu'une distraction dans la vie de l'archiduc, et ce fut un gros crève-cœur pour elle que de voir ses illusions, ses rêves, s'en aller, dispersés au souffle brutal de la réalité.

L'hiver étendait sa tristesse sur les bois.

Elle ne sortait presque plus du pavillon, se tenait en haut dans sa chambre, lorsque les deux gardes battaient ensemble les taillis.

Des après-midi entiers, elle restait assise derrière la fenêtre de son balcon, ne lisant pas, ne travaillant plus comme naguère, s'alanguissant en des songeries tristes, avec, sous les yeux, la désolation du domaine dépouillé de ses verdures, tout rouillé sous le ciel gris.

Elle pleura souvent au souvenir des douces heures d'automne passées avec Ralph sous les ombrages. Elle était sans amertume contre lui, sans colère contre le sort, mais un désespoir immense montait en elle, s'y épandait, emplissait sa vie comme le flux sinistre d'un océan noir.

Elle s'y abandonnait, ne tentait plus de se ressaisir, de reprendre pied, en quelque sorte, sur une espérance, sur une idée ; cela la roulait, l'emportait, comme une chose morte.

Elle avait, tout d'un coup, trop mis d'elle-même dans son amour pour l'archiduc ; tout son orgueil, son intelligence, avec sa foi, sa force, et la lumière de sa beauté, tout s'était dispersé, éparpillé, et il ne restait plus que des larmes.

Une fois, s'efforçant de réagir, elle écrivit à Charles, supplia son frère chéri de venir la voir.

Charles, et pour cause, ne répondit pas.

Elle retomba alors dans la mélancolie morne de sa vie brisée.

Il lui semblait que son âme, lasse, s'en allait...

XXVII

Mlle Abend était souffrante, morose, irritable,
— un peu pâle ; selon son expression, tout l'aga-
çait.

Cela durait depuis trois ou quatre jours.

Mme de Vorischner, à la fin, s'inquiéta.

— Voyons, Marie, lui dit-elle, vous n'êtes pas
raisonnable ; pourquoi ne voulez-vous pas me
laisser demander le docteur Petershus ?... Vous
n'avez certainement qu'une indisposition ; si vous
la négligez, vous tomberez tout à fait malade.
Vous ne pouvez rester dans cet état !

— Mais non, chère amie, ce n'est rien ; je vous
assure que ce n'est rien... un peu d'énervement,
voilà tout. Et puis. monseigneur qui ne revient
pas, aussi ! qui ne donne pas signe de vie !...

— Ta... ta... ta... monseigneur ne peut être rendu
responsable de vos malaises ; il est vrai que depuis
bientôt deux mois, il n'a écrit qu'une seule fois ;
mais, qu'est-ce que cela prouve ?... Vous pensez
bien que des choses de cette importance ne se

traitent pas si vite !... D'ailleurs, j'ai comme le pressentiment de son prochain retour et du succès de sa mission... Revenons plutôt à vous ; d'où souffrez-vous, enfin ?

— Eh bien ! chère, je... je ne sais pas ! Je souffre... sans souffrir !... J'ai des maux de cœur, le matin, par exemple !...

— Ah !... Est-ce qu'un peu de digitale ?. .

— Mais non, mais non !... fit Marie impatientée. Ce n'est pas cela, ce sont des haut-le-cœur, des envies de rendre !... des... je ne sais que vous dire, des éblouissements, des vertiges ; comprenez-vous ?... Avec cela, je n'ai presque plus d'appétit !

La princesse parut battre le rappel de ses connaissances thérapeutiques, et comme de tels symptômes pouvaient annoncer les maladies les plus diverses, elle en tira une conclusion assez vague :

— Voilà qui est singulier !... Croyez-moi, vous feriez bien de voir le docteur... Peut-être est-ce un commencement d'influenza ?

— Oh ! l'influenza ! la maladie du jour !... Non, je ne le crois pas ; et puis, il me semble... j'ai dans l'idée que c'est autre chose...

— Vous m'étonnez !... vous m'inquiétez !... C'est que vous avez très mauvaise mine, ma chère ! et les yeux battus !...

Cela rendait Mme de Vorischner toute son-
geuse. Evidemment, Marie couvait quelque grosse
maladie.

Tout à coup, elle eut une inspiration :

— Ah ! mais, j'y pense !... Est-ce que, par
hasard... et pourtant, non !... vous vous en seriez
déjà aperçue... Et puis, comment cela se serait-il
fait ?

— Quoi donc, amie ?

La princesse se pencha vers l'oreille de
Mlle Abend, assise auprès d'elle sur un pouf, et
lui posa une question d'ordre intime qui fit monter un vif incarnat aux joues de la jeune fille.

Et, comme si elle ne se fut pas rendu compte
de l'importance d'un tel renseignement, Marie
répondit avec une naïve sincérité :

— Précisément non !... et même j'allais vous
demander si ces troubles ne proviennent pas de
ce retard... car voilà quinze jours de passés, et il
me semble que... que ce n'est pas naturel, là !

— Ah ! par exemple, exclama Mme de Vorischner ébahie, que me dites-vous là !... Quinze
jours !

— Parfaitement !... Quinze jours passés !

— Mais, Marie, vous m'épouvantez !... Et par-
dessus le marché, vous êtes d'un calme !

— Tiens !... pourquoi donc ne serais-je pas
calme?... Est-ce extraordinaire à ce point?

— Extraordinaire, c'est-à-dire que... oui et non !... Après ce que vous savez, c'est-à-dire après « ce qui est arrivé », avez-vous attendu de la sorte ?... N'avez-vous rien remarqué d'insolite ?

— Absolument rien !... Et Marie ajouta gravement : Si ce n'est que Ralph, regrettant ce qu'il avait fait, a toujours été bien gentil !

— Alors, malheureuse enfant, « ce qui est arrivé » s'est reproduit à mon insu, malgré mes recommandations ?

Mlle Abend, cette fois, perdit contenance, commençant à comprendre où son amie voulait en venir. Et son trouble était tellement expressif, que la princesse ne douta plus.

Cette écrasante découverte lui coupait bras et jambes ; sa stupeur éclatait dans le soudain bouleversement de ses traits ; à peine eut-elle la force d'articuler quelques mots d'une voix dolente :

— Ma pauvre enfant, voilà donc ce que vous avez : vous êtes enceinte !

Pour Marie aussi, ce fut une terrible révélation.

— Mon Dieu !... mon Dieu !... que vais-je devenir ?

La foudre, tombant à ses pieds, ne l'eût pas plus atterrée.

Et, pendant un grand moment, sans trouver quoi que ce fut à se dire, elles restèrent à se considérer d'un air navré.

Mme de Vorischner, qui pensait avoir si bien pris ses précautions, n'eût jamais cru que la... la chose en question se renouvelât. Elle s'était d'abord réjouie en constatant que « ce qui était arrivé » n'avait pas eu les suites que l'on redoute en pareil cas, et, juste quand elle s'endormait sur ses deux oreilles, patatras!...

Les mêmes pensées se faisaient jour dans le désarroi moral que trahissait l'attitude éplorée de Mlle Abend; l'on croyait être bien tranquille, l'horizon était plein de promesses pour l'avenir, et puis, voilà que... Oh! quelle fatalité!...

Il n'en fallait donc pas plus que cela pour devenir enceinte?... Jamais elle n'eût cru que cette chose arrivait si vite... Jamais, même, elle n'y avait pensé!... Et si elle avait su!...

Elle retrouva la première quelque sang-froid.

Mais son premier mot — le cri du cœur — fut encore pour elle-même...

— Que vais-je devenir?... Le divorce de Ralph peut traîner en longueur... Comment ferai-je pour dissimuler mon état, dans quelques mois?

— Ah! chère amie, ne m'en parlez pas! fit la princesse avec accablement... Vous m'en voyez désolée... désolée... Rien de plus malheureux ne pouvait nous arriver en ce moment... Rien! Et puisque nous sommes à ce point écrasées par la fatalité, mieux vaut que d'un coup je vous dise tout!

— Ciel! exclama Marie en joignant les mains; qu'y a-t-il donc encore? Est-ce que l'archiduc?...

— Non, rassurez-vous, ce n'est pas de lui qu'il s'agit. Lorsqu'il aura divorcé, il vous épousera certainement; mais d'ici là il peut s'écouler, comme vous le dites, un temps assez long. Il faudra alors dissimuler, — je ne sais comment, par exemple, — votre position, pour vos parents, pour la cour, pour le monde. Nous en aurons bien des ennuis. Enfin, espérons que Dieu ne nous abandonnera pas!... Quel scandale, si cela se savait!

— Que vouliez-vous donc dire de plus?

— Que j'ai eu ce matin la visite de votre mère!

— Bon! Il ne manquait plus que cela!

— En effet!... c'est complet!... Mme Abend, qui a toujours espéré que je vous marierais, grâce à mes relations, venait précisément me demander si je vous ai trouvé un parti, car on lui a de nouveau demandé votre main... un général.

— Un général!... Mais je ne veux pas d'un général, moi!... D'ailleurs, j'aime Ralph; il vous a donné sa parole!... Cependant, s'il devait ne pas divorcer, au pis aller, je prendrais peut-être ce général. Mais comment songer à me marier, si je suis...

— Attendez. J'ai répondu à votre mère que j'espérais, en effet, vous marier avec un grand personnage ; je ne lui ai pas dit qui, bien entendu !... Elle m'a donné à entendre qu'elle tiendrait à être fixée tout de suite... Vous voyez d'ici mon embarras !... Je crois que vos parents craignent que je ne trouve pas pour vous le mari de leurs rêves, et, dans ce cas, ils ne voudraient pas laisser échapper celui qui se présente, après en avoir tant éconduits, qu'ils regrettent peut-être !

— Mon Dieu ! mon Dieu ! comment faire ?... que dire ?... Et monseigneur qui n'est pas là !

— Je lui ai télégraphié ce matin de nous envoyer des nouvelles. Si elles sont favorables, comme je le crois, et si elles nous parviennent sans retard, vous pourrez refuser ce général....

— Oui, fit la jeune fille avec dépit; mais si les nouvelles de Rome sont mauvaises, je ne pourrai pas pour cela agréer ce prétendant. Il ne m'épousera pas en un clin d'œil, et à l'époque où nous nous marierions, il s'apercevrait aisément..... Savez-vous qui il est ?

— Je ne sais pas son nom ; je sais qu'il est âgé ; un vieux héros, trente millions et un titre.

— Trente millions ! — Mlle Abend resta ébahie de ce chiffre — Trente millions !... ah, ma chère !...

— Oui ! Et il est malgré son âge très épris de vous !

— Il n'est pas difficile !... C'est égal, il n'est

pas archiduc comme Ralph; je préfère être archiduchesse. Pourvu que Ralph ne change pas d'avis !

— Oh, pour cela non !... Vous pouvez m'en croire. Je dois même vous dire que j'ai toute confiance en lui.

— Ah, tant mieux ! soupira Marie déjà moins tristement.

Tandis qu'elles causaient ainsi, on apporta une dépêche à Mme de Vorischner.

Monseigneur lui répondait simplement « qu'il serait à Vienne le surlendemain. »

— Béni soit-il dit la princesse, dont les nerfs se détendirent dans un soupir de satisfaction. J'espère que son retour marquera la fin de nos tourments !

Il fut convenu entr'elles que jusqu'à nouvel ordre Mme de Vorischner serait censée ignorer vis-à-vis de Ralph la cause des malaises de Marie; -elle préférait cela pour le moment, se réservant de venir à la rescousse s'il le fallait, lorsque Mlle Abend aurait tout avoué à son amant.

D'ailleurs, l'une et l'autre comptaient absolument sur sa promesse d'épouser Marie après avoir divorcé; et, leurs impressions échangées, elles restaient persuadées que cette grossesse intempestive ne leur causerait que des ennuis momentanés.

L'archiduc, suivant son habitude, arriva chez ces dames vers dix heures.

L'on continuait à le recevoir dans la délicieuse petite pièce où avait eu lieu sa présentation, et où l'on se sentait mieux entre soi, dans le somptueux confortable des tentures épaisses, des meubles familiers.

La princesse, afin de le laisser seul ce soir-là avec son amie, prétexta une réception ennuyeuse et fit passer dans un petit salon attenant au boudoir ses autres intimes, au fur et à mesure qu'ils arrivaient.

Tandis qu'elle y entretenait la conversation entre la comtesse Strelguine, le duc d'Esparrera et la respectable Mme de Rheimbortz, Mlle Abend, toute émue et rougissante, mais soutenue encore par les encouragements que lui avait prodigués tantôt son amie, révélait à Ralph la conséquence de leur récente querelle.

Cette confidence inopportune troubla Ralph plus qu'il ne voulait le laisser voir, en éveillant en lui tout un monde de sentiments jusqu'alors inéprouvés.

Pas plus que Marie il n'avait prévu cette éventualité et cela, tout d'abord, le surprenait. Cependant, la première émotion passée, il se reprenait, et attirant sur son cœur Mlle Abend, couvrait de longs baisers son charmant visage apâli, la rassurait, et redevenant tout à fait maître de lui-même, se montrait plutôt heureux de cet événement.

— Je comprends tout ce qu'une telle découverte a eu d'inquiétant pour vous, ma chère Marie; mais, remettez-vous ; mes intentions sont à la hauteur de votre mérite; votre avenir est d'ores et déjà assuré. Je ne vous en avais pas parlé plus tôt, désirant vous faire cette surprise seulement lorsque mes projets auraient reçu un commencement d'exécution; ce que vous m'annoncez me fait devancer le moment que je m'étais fixé.

Il la fit asseoir auprès de lui, prit entre ses mains les mains fluettes de la jeune fille, et, comme s'il eût sollicité d'elle une grâce insigne, avec une émotion qui de nouveau le prenait à la gorge, il lui demanda à demi-voix :

— Marie, chère âme, daigneriez-vous être archiduchesse de Donau-Schönbourg?

Suivant les recommandations formelles du jésuite, ils n'avaient jamais parlé entr'eux de mariage. Ralph, marié, ignorant les secrètes espérances de Mlle Abend, se croyait aimé uniquement pour lui-même.

Marie, de son côté, ne laissait pas de concevoir parfois des inquiétudes, malgré les assurances qu'elle avait reçues. Qui savait, pensait-elle, ce qu'il adviendrait de l'instance officieuse que Mon-

seigneur avait engagée à Rome? Qui savait
même si Ralph, à la longue, ne se détacherait
pas d'elle?...

Pour être complètement assurée, il lui manquait jusqu'à présent la confirmation par l'archiduc lui-même des promesses de Monseigneur.

Aussi, en entendant Ralph lui donner, par cette
question, la certitude que ses ambitions seraient
exaucées, sentit-elle s'évanouir ses plus secrètes
appréhensions, ses doutes, ses inquiétudes. Ses
yeux retrouvèrent leur pur éclat, et, très tendrement, avec de longs soupirs intraduisibles, elle
lui confessa qu'elle n'avait osé rêver un tel
bonheur, sachant en quels liens il se trouvait
retenu — mais que cela, en d'autres circonstances, eût été son rêve le plus cher.

Ralph alors lui fit connaître ses intentions, les
projets qu'il s'était réservé de lui révéler plus
tard.

Elle le remercia avec de grandes effusions,
joua à merveille la surprise; sa joie, sa reconnaissance, d'ailleurs, n'étaient pas feintes. Maintenant elle se sentait armée contre les événements.

Et, comme Mme de Vorischner, elle espérait
que sa grossesse n'aurait pour eux tous que des
désagréments passagers.

On verrait ensemble au moyen de la dissimuler
jusqu'à ce que le divorce de Ralph fut prononcé.

A ce propos, l'archiduc répéta à Marie qu'il entreprendrait officiellement les démarches nécessaires dès que Monseigneur, attendu le surlendemain, aurait fait connaître le résultat des siennes et donné ses instructions. Il leur paraissait hors de doute que le jésuite eût mené sa mission au mieux de leurs espérances.

Ils passèrent le reste de cette soirée à échanger sans contrainte les plus tendres protestations et à échafauder mille projets charmants.

Lorsque l'archiduc fut parti, Marie voulut que Mme de Vorischner écrivît sur-le-champ à Mme Abend pour lui affirmer que toute proposition de mariage, en ce moment, serait désagréable à sa fille, et que cette dernière, ayant fixé son choix, se marierait brillamment avant un an — un an et demi, au plus tard.

Un domestique porta la lettre chez les Abend, le lendemain matin, tandis que Marie se reposait encore en des rêves d'or des émotions de la veille.

Pendant ce temps, Monseigneur, consterné, roulait vers Vienne, ne rapportant que le refus catégorique, indigné, du Souverain-Pontife, de prêter les mains, le cas échéant, à ces inavouables cabales de politique et de ruelles.............
. . . .

XXVIII

Le baron Abend était avant tout un homme d'affaires. Petit, trapu, noiraud, barbu, il incarnait, en sa corpulence ramassée, le génie mercantile des races levantines.

Très enrichi par d'heureuses spéculations, il avait volontiers souscrit aux désirs vaniteux de sa femme, en lançant leur fille dans l'aristocratie avec une princesse pour chaperon.

Mme Abend, éblouie par le luxe, les grandes manières, le toupet, les hautes relations affichées par Mme de Vorischner, avait aisément fait partager à son mari son engouement pour la grande dame.

Celle-ci, d'ailleurs, leur donnait, en termes voilés, l'espoir que Marie trouverait à faire sous son haut patronnage un mariage splendide. Mme Abend en concluait que sa fille épouserait au moins un ambassadeur; le baron récemment anobli par l'acquisition de quelques métairies, ne trouvait pas cette prétention exorbitante

Outre qu'il eût assez aimé entendre appeler son gendre « Excellence », il se disait que le beau-père d'un ambassadeur est mieux placé que personne pour spéculer à coup sûr sur les fonds d'État ; vraiment, cela lui eût souri.

Et puis, enfin, un grand mariage pour Marie eût été en quelque sorte le couronnement de sa carrière financière.

Les merveilleux débuts mondains de la jeune fille avaient flatté la vanité des Abend d'autant plus agréablement que le banquier bénéficiait indirectement à la Bourse de la célébrité qu'une presse soudoyée décernait à Marie. Vanter la fille, c'était appeler l'attention sur le père ; la signaler comme une Reine de la Mode, c'était évoquer, en faveur de ses parents, l'idée d'une haute situation de fortune. Or, le succès ne va qu'aux riches ; cette réclame était cent fois meilleure pour la maison Abend que les bulletins et les prospectus financiers où elle recommandait ses opérations de Bourse.

Le Levantin bénissait Dieu de lui avoir donné une fille aussi remarquable.

On lui demanda plusieurs fois la main de Marie ; il la refusa, mais de telle sorte que cela se sut ; les prétendants évincés occupaient des situations excellentes ; l'on en conclut dans le monde de la finance que pour les avoir éconduits, il devait être en état de marier sa fille beaucoup mieux ; de lui donner peut-être une dot colossale.

Cette illusion augmenta son prestige.

Malheureusement la prospérité financière, comme toutes choses ici-bas, est exposée à des revirements imprévus.

La période électorale pour le renouvellement de la Diète fut troublée par les menées socialistes ; de vagues bruits de guerre enrayèrent le crédit ; les affaires, à la Bourse, tombèrent à plat du jour au lendemain. La maison Abend perdit... perdit... perdit !...

D'un autre côté, en dépit des fanfares que continuaient à sonner les échotiers, l'ambassadeur rêvé ne se révélait pas.

Le baron était superstitieux ; il flaira une débâcle, se laissa peu à peu entamer par l'inquiétude, et commença à trouver que sa femme et sa fille dépensaient beaucoup, pour les résultats négatifs qu'elles retiraient de leur perpétuelle ostentation de toilette, de chapeaux, de diamants.

Sur ces entrefaites, le général Szackerinsky demanda à son tour aux Abend la main de Marie.

Il était vieux, mais illustre ; désagréable, brutal, podagre, soudard dans l'âme ; mais on n'évaluait pas sa fortune à moins de trente millions ; il était de maison princière et possédait des territoires immenses en Hongrie.

En somme, il leur faisait beaucoup d'honneur.

Tel fut du moins l'avis du banquier, séduit principalement par l'idée des trente millions, dont le général offrait de mettre un tiers dans les affaires de la Banque.

Mme. Abend trouva aussi que c'était providentiel; un général, un héros, un titre de prince et trente millions, ne se rencontrent pas tous les jours incarnés dans la personne d'un prétendant.

Elle et son mari, s'ils ne parlaient jamais de leur origine équivoque, ne la déploraient pas moins ; ils espéraient bien que ce mariage les désencanaillerait en bloc.

Mme Abend courut donc chez Mme de Vorischner et la mit en demeure de produire un candidat, avec le secret espoir que la princesse n'aurait personne à mettre en ligne, car elle était coiffée du général; un héros, couvert de décorations et de gloire !

Un ambassadeur déjà la tentait moins ; il en était de roturiers, et peut-être celui de la princesse serait-il du nombre. Et puis, la diplomatie, cela séduisait, de prime abord ; mais, en y réfléchissant, qu'était-ce de si éminent? L'armée, les hauts grades, à la bonne heure!.. Pour tout dire, du reste, Marie ne pouvait décemmment épouser que quelqu'un de très bonne maison.

Comme elle pensait n'avoir plus besoin de

Mme de Vorischner, elle ne manqua pas de la froisser, avec sa brutalité de parvenue et ses airs déjà protecteurs : la princesse se tint à quatre de ne pas la faire jeter à la porte ; si elle avait eu la conscience tranquille !...

La lettre dilatoire écrite sous la dictée de Marie tomba comme une douche glacée sur les espérances des Abend.

Le Levantin entra dans une colère folle et jura que si « cette petite dinde » ne se décidait pas dans la huitaine à accepter un parti aussi inespéré pour elle, aussi avantageux pour lui, il la ferait enfermer dans un couvent de repenties : Mme Abend fut chargée de notifier immédiatement à sa fille cette décision du baron.

Mlle Abend haussa les épaules, à la lecture des menaces paternelles ; n'était-elle pas sûre de Ralph, maintenant ?... Elle ne répondit même pas à sa mère ; Monseigneur devait arriver le lendemain... On allait bien voir, par exemple !...

· XXIX

Hélas, Monseigneur ne rapportait que les plus désolantes nouvelles !...

Adossé à la cheminée du boudoir, où il avait été introduit dès son arrivée, et où se trouvaient avec lui Mlle Abend, la princesse et l'archiduc, il achevait le récit de sa mission. Le Souverain Pontife pensait-il, avait dû, après la première entrevue que ses protecteurs avaient obtenue de lui, faire procéder secrètement à une enquête ; quoi qu'il en fût, il était formellement décidé à ne jamais prononcer le divorce : il ne fallait rien attendre de lui ; rien !...

Le jésuite jetait ce « rien » décisif d'un ton froid, tranchant, qui les impressionnait tous encore plus péniblement que ses commentaires.

Quant à lui, il s'avouait amèrement déçu ; non seulement il perdait là le fruit de ses délicates machinations, mais encore il s'était à jamais « brûlé » au Vatican. Il le sentait.

Désormais son habileté ne prévaudrait plus

contre la méfiance, dont la réponse du Saint-Père lui donnait à comprendre qu'il serait entouré.

Le pli mauvais de ses lèvres dans sa face glabre, la dureté d'expression de sa physionomie, témoignaient du dépit que lui causait cet échec.

L'archiduc, la tête penchée sur sa poitrine, les mains derrière le dos, arpentait fiévreusement le boudoir, tandis que Mme de Vorischner et Marie, muettes, étaient encore sous le coup d'une aussi cruelle déception.

La princesse avait partagé jusqu'au dernier moment la confiance du jésuite. Elle aussi, se trouvait atteinte profondément dans ses espérances, aussi tenaces qu'inavouables. Avec son absence complète de sens moral, elle s'était persuadée que le succès leur était dû, comme s'ils eussent poursuivi un but utile et louable, et elle n'était pas éloignée de s'insurger contre ce qu'en sa conscience tortueuse elle appelait une injustice du sort.

Et puis, la responsabilité qu'elle avait encourue commençait, non à la troubler, mais à l'effrayer. Maintenant que tout s'écroulait, que dire aux Abend?... Comme éviter le scandale qui éclaterait, le jour où Marie ne pourrait plus dissimuler sa grossesse?...

Elle était femme d'expédients ; et, si elle en

avait eu le temps, eût bien trouvé le moyen de
débarrasser la jeune fille du fruit de ses amours :
quelque argent, la complaisance d'une matrone,
une absence clandestine eussent suffi, encore que
cela, même, eût pu avoir de funestes conséquences.

L'on eût risqué le tout pour le tout; mais les
parents, pressés comme ils l'étaient de la marier, allaient la harceler jour par jour, heure par
heure ; comment... comment sortir de là ?...

Malgré son égoïsme et sa sécheresse de cœur,
Mᵐᵉ de Vorischner ne pouvait s'empêcher de
compatir au désespoir de Marie qui restait affalée
sur un fauteuil, son mouchoir aux yeux, abimée
dans les plus tristes pensées, que son caractère
intéressé contribuait encore à assombrir.

Cependant, la princesse pensa que Monseigneur
pouvait, relativement à Mˡˡᵉ Abend, lui donner
un bon conseil ; lorsqu'il était entré, il avait ma-
nifesté par un coup d'œil à sa complice son étonnement de trouver la jeune fille là en même
temps que l'altesse, et n'avait abordé le compte-
rendu de son voyage que quand Mᵐᵉ de Vorischner
lui eut donné de la même manière à entendre
que l'on pouvait tout dire en présence de son
élève.

Elle prit donc le jésuite à part, et en quelques
mots lui confessa la vérité.

Il ne put se retenir de lever les bras au ciel.

— Ah, diable ! nous voilà dans de beaux draps ! fit-il entre ses dents. Comment n'avez-vous pas veillé ?...

— Eh, répliqua avec impatience la grande dame, j'ai veillé ; mais je ne pouvais pourtant pas la garder dans ma poche ! Et puis, il n'y a pas à récriminer : ce qui est fait est fait.

« Il s'agit à présent d'arranger les choses de façon à nous éviter des ennuis. Voyez-vous un moyen ?

— Hum ! Cela ne me paraît pas facile ! Peut-on en parler avec lui ?

— Dame, il le faut bien ! C'est lui que cela regarde, après tout !

Elle l'appela, et tous trois continuèrent à s'entretenir à demi-voix.

— Croyez-vous le baron Abend capable de mettre ses menaces à exécution ? demanda le jésuite.

— Assurément ! répondit la princesse. C'est un mercanti vaniteux et avide, qui ne se consolerait pas de la perte d'un gendre à millions. Avant huit jours, il viendra en personne réclamer sa fille et faire quelque scène ici. Ces gens-là, vous savez, ne respectent rien. Or, Marie ne se décidera pas à épouser ce soudard, redoutant avec raison ce qui arriverait, le jour où il s'apercevrait qu'elle est enceinte d'un autre.

« De son côté le baron ne renoncera pas aisément, soyez-en sûrs, aux dix millions que le général doit mettre dans sa banque. Il tâchera de faire patienter le Céladon, mais fera d'abord enfermer sa fille, espérant la faire par là revenir sur son refus.

« Bientôt, même dans ce dernier cas, les Abend connaîtront la position dans laquelle se trouve leur fille ; alors, à quelles tortures ne la soumettront-ils pas, afin de lui faire avouer le nom de son séducteur? Avec le baron, il faut s'attendre à tout, dès que sa cupidité est en jeu.

« S'il y voit un intérêt quelconque (et il y verra pour le moins celui de faire épouser Marie par le père de son enfant, qu'il supposera bien être d'un certain monde et partant, sans doute, riche,) il remuera ciel et terre, fouillera Vienne, fera lui-même son enquête. Au moindre soupçon quant à la qualité du personnage (et comment ce soupçon ne lui serait-il pas inspiré par quelque indice?) il dénoncera tout à l'archiduchesse, qui se plaindra à son beau-père... Ah, vous ne le connaissez pas, allez, le Levantin ! Il est capable de tout !... nous en aurions, de l'agrément, avec lui !...

R...'oh écoutait tête basse Mme de Vorischner, tout en mordillant sa moustache : ce qu'elle disait n'était que trop judicieux ; et de son côté il retournait mentalement sous tous ses aspects le même point d'interrogation :

— Comment faire ?... Comment sortir de là ?

Le jésuite réfléchissait.

— Il faut évidemment aviser vite, fit-il enfin. Il faut surtout gagner du temps : le temps arrange tout ! Il faudrait que Marie s'éloignât, disparût pendant quelques semaines !

— Y pensez-vous ! Et le père ?... Quand je vous dis qu'il sera ici, chez moi, avant huit jours !

— J'y pense bien, chère madame. Mais, c'est très simple ! Quant elle partira, elle écrira de sa propre main, à vous et à ses parents, que ne pouvant supporter l'idée de se séparer par un mariage contre son gré de son amant — un amant imaginaire, qui s'appellera Wilhem, ou Franck, ou Ludwig, ou n'importe quoi — elle part furtivement de chez vous, et va avec lui chercher un refuge à l'étranger.

« Comme elle n'emportera rien, ce sera plausible.

« Vous, vous jouerez la stupéfaction, le désespoir.

« Marie aura préparé une troisième lettre adressée à ses parents, et que je ferai mettre à la poste à Paris, comme si elle se fût réfugiée là avec son compagnon. Elle y donnera son adresse bureau restant.

« De sorte que, si les Abend répondent, nous saurons à quoi nous en tenir sur leurs intentions, car je ferai réexpédier ici par l'administration les correspondances qui lui seraient adressées là-bas. Rien de plus simple, comme vous voyez.

« Les parents ne provoqueront pas tout de suite un scandale ; rapportez-vous en à moi ; ils auraient trop peur d'effaroucher le général.

« Ignorant d'ailleurs que Marie soit enceinte, ils temporiseront au contraire avec lui, imagineront des prétextes propres à le faire patienter, tandis qu'ils amadoueront leur fille dans le but de la faire rentrer au bercail.

« Maintenant, où cacher Marie, en réalité ? Pas à Vienne, toujours ! Et pourtant, il ne faut pas qu'elle soit trop loin de nous, pour le cas où, mes prévisions ne se réalisant pas, les Abend casseraient les vitres sans plus attendre : il faudrait qu'elle pût reparaître au moment que nous jugerions opportun ; et, n'importe comment, il faudrait l'envoyer partout ailleurs qu'à Paris, où ses parents continueraient à la croire cachée.

« Je vous le répète, ce qui est important, c'est de gagner du temps ; on fait bien de la besogne, en quelques semaines !... qui sait ce qui peut survenir, demain, après-demain, dans huit jours !...

« Avoir du temps devant soi : tout est là !

« Est-ce clair ?

— Oh, parfaitement ! dit la princesse. Mais, puisque vous devez éloigner Marie, pourquoi ne pas profiter de son absence pour... — ici, elle se pencha à l'oreille du jésuite et lui parla si bas que l'archiduc ne put rien entendre — elle ajouta : la pauvre enfant pourrait ainsi revenir quand il lui plairait, quand elle serait rétablie, voire même épouser le général, qui ne s'apercevrait de rien.

« Peuh, on n'en meurt pas ! Toutes les femmes qui le font ne s'en vantent pas !... qui le saurait !

— Ah mais non ! fit vivement le Florentin. Pas de ces bêtises-là !... Supposez — il baissa à son tour la voix, ne s'adressant qu'à la princesse seule — supposez qu'elle vienne à mourir pendant l'opération, ou par suite de l'opération, comme cela se voit fréquemment, quoi que vous en disiez. On ferait une enquête, on découvrirait son identité, on saurait bientôt tout... et après ?

— Je pense, dit alors l'Archiduc qui, plongé dans ses réflexions, n'avait rien saisi de ce dernier colloque, que je pourrais sans grand danger, cacher Marie pendant quelques jours à Maygenbrück, où j'ai une personne sûre.

Il voulait sans doute parler d'Amélie, ne se souvenant plus, dans le cruel embarras où il se trouvait que du dévouement absolu de Mlle Fischer, et oubliant que depuis depuis deux mois il n'avait pas même pris la peine de lui écrire, de répondre à la lettre dans laquelle la pauvre fille l'assurait de sa foi, de sa tendresse inébranlables.

Il n'avait pas d'avantage conscience de l'énormité de cette idée : prier Amélie — après lui avoir donné le chagrin de se voir délaissée — de cacher chez elle sa rivale, de la garder, de la sauver.

A vrai dire, sa bonté naturelle, son caractère passif, qui l'eussent en toutes circonstances poussé à rendre à autrui n'importe quel service possible, l'incitaient aussi à escompter sans réserves — le cas échéant — l'obligeance des autres ; et fort heureusement cette présomption était justifiée. quant à Mlle Fischer, par la supériorité de cœur et d'esprit dont elle lui avait donné la preuve.

Cependant, à cette idée saugrenue, la princesse restait bouche bée ; habituée à juger les autres femmes d'après elle-même, **autant** dire peu favorablement, elle trouvait cette imagination de Ralph inconcevable : il voulait cacher sa maîtresse chez la fille de son garde, qui, disait-on, l'avait aimé, l'aimait encore !... Il devenait donc **idiot** tout à fait !..

Cela laissait au contraire le jésuite impassible : il en avait vu bien d'autres ! Et il répondit **sans** s'émouvoir :

— A Maygenbrück, Altesse ? Hum !... c'est bien délicat !... Vous seul pouvez être juge... ne redoutez-vous pas des indiscrétions... un peu de malveillance ?

— De malveillance, point ! quant à des indiscrétions, pour un séjour de quelques jours, je pense qu'il n'y en a pas à craindre. Je confierais Marie là-bas à la... à la famille de mon forestier ; je puis avoir en ces braves gens toute confiance. Elle y serait à l'abri des premières recherches de son père, et cela nous donnerait le temps de négocier quelque chose... je ne sais quoi. Du reste, de Maygenbrück, elle pourrait partir pour ailleurs dans un plus strict incognito.

— Heu... heu ! peut-être bien ! mon Dieu, Altesse, si vous êtes absolument sûr... Mais, soyez prudent !... Très prudent !... Vous avez à Maygenbrück des domestiques... et les domestiques, vous savez... Mais, à propos de Maygenbrück, que devient donc Swarbrorg ?

« Il y a une éternité qu'on ne le voit plus !

— Swarbrorg ? Je l'ai vu ces jours derniers Je ne serais pas étonné qu'il fût en voyage pour ses affaires... des affaires financières, je crois...

— Vous croyez ? demanda le Florentin avec méfiance.

— Je le crois. Il m'a donné à entendre qu'il ne

tarderait pas à s'absenter. Il a quelques ennuis
en ce moment, ce pauvre ami !

— Ah !

Monseigneur parut se recueillir quelques instants.

— Au fait, reprit-il, je ne vois pas pourquoi
vous n'emmèneriez pas Marie à Maygenbrück :
vous avez peut-être raison... qu'en dites-vous,
princesse?...

Cette question fut soulignée d'un signe de tête
qui signifiait :

— Qu'en dites-vous ? Pensez-vous que nous
ayons quelque chose à craindre des gens du
baron, là-bas?...

Mᵐᵉ de Vorischner eut une moue qui répondait :

— Ma foi non ! Pourquoi cela? Quel intérêt
aurait-il à nous trahir? Il est notre associé, après
tout ; et rien n'est rompu, entre nous...

De sorte que le jésuite, rassuré, continua :

— Seulement, croyez-moi, prenez malgré tout
mille précautions. Demandez à ces braves gens,
exigez d'eux, le secret le plus absolu.

De mon côté, j'aviserai aux moyens de ne pas
laisser Marie à Maygenbrück longtemps.

Allons, tout n'est pas perdu ! nous nous en
tirerons !

Cette assurance de beau joueur retrouvant son

sang-froid **après** un abattement passager les **rasséréna** un peu tous deux.

— Mais oui, appuya la princesse, cela s'arrangera : ce n'est qu'un moment critique à traverser.

— Eh bien, conclut l'archiduc, s'efforçant **de** paraître crâne, nous le traverserons !

Cependant, Mlle Abend qui, depuis le commencement de ce colloque, n'avait pas quitté son fauteuil se leva, et d'un pas traînant se rapprocha de ses trois amis.

Ses yeux rougis, sa pâleur, la désolation répandue sur ses traits, son **allure** dolente disaient éloquemment en quel pénible état d'âme elle **se** trouvait.

— Venez, **chère** enfant; remettez-vous : nous parlions de vous à l'instant. Ayez confiance **en** nous, la Providence ne nous a pas tout à fait abandonnés !

Le jésuite lui tapotait les mains, tout en lui parlant ainsi d'un air mielleux.

— Ma **chère** Marie, dit alors l'archiduc **avec** émotion, nous avons trouvé, grâce à **notre excellent** ami, un **moyen de vous** soustraire aux persécutions possibles de vos parents.

« Comptez sur moi. Comptez sur nous...

Il la mit en quelques mots au courant des résolutions qu'il venait de prendre de concert **avec** Monseigneur et la princesse.

Marie écoutait sans mot dire, bouleversée encore des émotions qu'elle venait d'éprouver. Tout à coup, elle porta ses mains à ses yeux et de grosses larmes roulèrent au bord de ses cils.

— Hélas ! s'écria-t-elle d'une voix entrecoupée, qu'avez-vous fait de moi, Ralph, Ralph?... Que vais-je devenir, à présent?... Quelle existence sera la mienne?... Oh, que je suis malheureuse!

Elle se tordait les mains dans une nouvelle explosion de son désespoir. Mme de Vorischner et Ralph, redoutant une crise nerveuse se précipitèrent vers elle, lui prirent affectueusement les mains, tandis que Monseigneur tâchait à la réconforter par ses bonnes paroles :

— Voyons, ma chère enfant : au nom du ciel, calmez-vous!... tout n'est pas désespéré; Son Altesse veillera sur vous, vous protègera, assurera l'avenir de votre enfant! Si même un peu plus tard les circonstances le lui permettent, eh bien, il essaiera de divorcer sans l'assentiment du pape : civilement. Mais vous devez bien le comprendre, il faut préparer l'opinion à un aussi grave événement.

« En attendant, vous resterez dans sa vie; vous le reverrez; il vous...

— Mais oui, Marie, ma chère Marie, ma chère petite Marie; je vous promets cela, je vous le jure! Ce qui nous arrive peut entraver momentanément nos chers projets, mais ne diminue en rien ma tendresse pour vous. Je vous aime; je vous adore; vous resterez...

— Bien vrai? demanda-t-elle à travers ses sanglots, un peu calmée pourtant par l'affectueux empressement dont on l'entourait.

Bien vrai, Ralph, vous ne m'abandonnerez pas? vous m'aimerez? je resterais, en attendant, votre...: votre favorite?

Ce terme saugrenu fit sourire la princesse; le jésuite se mordit les lèvres pour ne pas éclater de rire en entendant la jeune fille spécifier aussi naïvement l'objet de ses premières ambitions.

L'humanité l'amusait, avec son égoïsme, ses prétentions, sa bêtise; mais cela ne le surprenait plus; il connaissait à fond le cœur humain — et le cœur féminin, donc!

— Certes, ma chère Marie, ma belle, ma charmante Marie, répondait l'archiduc attendri. Outre que je ne saurais plus me passer de votre chère présence, je connais bien les devoirs que j'ai contractés envers vous. Allez, je ne ferai jamais assez pour vous! Mais, il faut être patiente; je ne m'appartiens pas tout à fait! Il faut attendre que j'aie pu arranger les choses sans scandale, vous faire une situation digne de vous!

— A la cour? demanda-t-elle.

— A la cour ; certainement! pourquoi pas?...

— Vous m'y donneriez plus tard un rang?... Je serais tout à fait la favorite?... la première de toutes?

— Mais oui! vous seriez puissante, honorée. Du reste, n'avez-vous pas entendu ce qu'à l'instant disait notre respectable ami, à propos de mon divorce? Ah, si l'opinion publique y était préparée... si l'archiduc mon père...

— Vous m'épouseriez?...

— Oui !

Il jeta ce « Oui » avec une conviction qui acheva de la tranquilliser ; elle lui tendit son front gracieusement, il y mit un baiser. Elle se retourna alors vers Mme de Vorischner.

— Chère amie, lui dit-elle sur un ton pénétré, pardonnez-moi tous les désagréments que je vous cause. Combien je vous remercie de votre bonne sollicitude!... Et vous aussi, Monseigneur, qui êtes si bon, si paternel pour nous!... Merci, de vos encouragements !

— Chère enfant, ne me remerciez pas : je vous parle ainsi parce que j'ai foi en votre étoile. Patientez! vous sortirez victorieuse de ces épreuves : Je vous le prédis !

— Oh, merci, merci !

— Marie, fit gravement l'archiduc, je suis heureux de vous voir reprendre courage et espoir.

Allez, Monseigneur dit vrai ; laissez passer cet orage ; vous serez la première femme de la Cour. Je vous aime tant! Que pèse ma future couronne, auprès d'un seul de vos sourires ? Tenez, jamais je vous ai tant aimée qu'en vous trouvant si résignée, si désintéressée, si stoïque! Jamais je n'oublierai ce moment!

Un bras passé autour de la taille de Marie, il la pressait sur son cœur, baisait ses cheveux, enivré de sa grâce souple, plus éperdûment épris que jamais.

En une pose alanguie, elle s'abandonnait, les yeux mi-clos, à ses effusions passionnées :

— Est-il bête! souffla le jésuite à l'oreille de la princesse qui, en arrière d'eux, considérait d'un œil narquois les épanchements de l'altesse.

— Il est homme, mon cher ! répondit-elle de la même façon.

Cependant, de nouveaux tourments leur étaient réservés.

Un domestique entra, portant sur un plateau une lettre adressée à Mlle Abend, qui se désenlaça brusquement d'avec Ralph.

— Ciel! s'écria-t-elle en reconnaissant l'écriture mesquine et volontaire de la suscription : c'est encore de mon père !...

Elle déchira fiévreusement l'enveloppe, et lut à haute voix :

« Ma chère Marie,

« Ta mère et moi avons réfléchi ; nous n'attendrons pas huit jours. J'ai eu l'honneur de déjeûner ce matin avec le général prince Szackerinsky. Il me presse de lui faire connaître tes sentiments à son égard. Il mettra dix millions dans ma maison de banque. Jamais tu ne trouveras une meilleure occasion. J'ai donc décidé que tu l'épouserais bon gré, mal gré ; et je lui annoncerai demain que tu es trop heureuse de devenir sa femme.

« J'irai avec ta mère te chercher demain soir chez Mme de Vorischner, pour te ramener définitivement à la maison. Fais tes préparatifs en conséquence.

« Ton père. »

— Eh bien, demanda Marie, redevenue soudain toute pâle ; qu'en pensez-vous ?...

Ralph, interdit, regarda tour à tour la princesse et le jésuite.

— Qu'il faut mettre immédiatement nos projets à exécution, déclara Monseigneur avec autorité. Nous y sommes décidés ; donc, agissons. Que ce soit aujourd'hui ou demain, ou après, puisqu'il faut en venir là, il vaut mieux que ce soit tout de suite. Optez-vous pour Maygenbrück ?... Oui : c'est plus sage. Allons ; vous, Altesse, pouvez-vous emmener Marie cette nuit même?... Il le faut!

— Si je le puis? fit Ralph d'une voix étranglée par l'angoisse où le jetait ce brusque dénouement imprévu, et la nécessité absolue de prendre une initiative quelconque. C'est-à-dire que... hum!... enfin!... je pense qu'oui!...

— Il le faut! répéta durement le Florentin. Il ne s'agit plus de tergiverser. Agissez d'abord, vous hésiterez ensuite!

« Vous, Marie, vous irez tout à l'heure prendre un costume de voyage ; vous mettrez un peu de linge, les choses indispensables, vos bijoux, dans un sac de voyage. Mme de Vorischner vous fera sortir de l'hôtel, quand les domestiques seront couchés, par une porte de service, ou mieux encore par une fenêtre du rez-de-chaussée. Soyez énergiques tous deux, tout se passera bien. Comptez sur moi pour les suites... Mais d'abord, écrivez les lettres, comme nous en sommes convenus... »

Il l'entraîna vers un petit meuble qui supportait une papeterie et une écritoire. La princesse s'empressa à leur donner du papier, des plumes, des enveloppes, de la cire.

— Là, asseyez-vous. Ecrivez. Vous savez ce qu'il faut dire : à notre amie, d'abord. Une lettre que vous laisserez ici, dans votre chambre, en évidence. Tremblez un peu... mettez des mots tendres, bien sentis, comme si vous partiez de chez elle le cœur gros ; des phrases courtes, hachées. Raturez... recommencez ; çà et là, mettez : désespoir, dévouement, gratitude... demandez-lui pardon du chagrin... là !... c'est cela, très bien !... parfait !

Il prit la lettre bâclée de la sorte, la relut et glissant un doigt entre ses lèvres il humecta par places l'écriture de sa salive, comme si les larmes de la jeune fille fussent tombées sur l'encre encore fraîche.

— Parfait ! marmotta-t-il de nouveau. C'est à faire pleurer ! Il cacheta.

— A vos parents, maintenant; une lettre que cette nuit même je jetterai à la poste à la gare, comme si vous y étiez venue prendre le premier train pour Paris, l'express de minuit trente. Quatre lignes, c'est assez ! appelez votre ravisseur Ludwig. Signez ferme. Bien !

« A la dernière. Celle que vous serez censée avoir écrite de Paris ; ne datez pas et soignez celle-là davantage.

« Donnez votre adresse : B. X., poste restante, Bureau central, Paris. Je me charge du reste. »

Debout, accoudé contre le haut dossier d'un siège, Ralph, blême, ne soufflait mot.

Pour la première fois de sa vie, il lui fallait

prendre un parti, agir, encourir ouvertement de graves responsabilités, faire preuve de résolution et de fermeté.

Tant que l'on n'avait parlé de ce départ que comme d'une chose à combiner, il s'était montré déterminé. Mais, au moment de l'action, pris ainsi à l'improviste, il sentait ses jambes se dérober sous lui, son cœur battre follement. Il comprenait que le jésuite avait raison, la fuite était inévitable, nécessaire ; la nuit la favorisait ; le plan adopté était parfait. Il n'y avait plus à reculer.

Néanmoins, s'il eût osé, il eût encore atermoyé, ne pouvant malgré tout surmonter son apathie, sa timidité. Mais le jésuite lui en imposait par son verbe autoritaire, ses gestes secs, son regard froid, la promptitude de sa décision ; il cédait à contre-cœur, s'abandonnait, aussi indécis et passif qu'efféminé.

Marie se montrait plus intrépide. D'ailleurs, elle se prêtait sans réserve à cet enlèvement ; elle sentait que ce parti était le seul praticable et la terreur que lui inspirait son père la talonnait.

Les lettres écrites, Monseigneur l'engagea à aller sans retard terminer ses préparatifs et changer de toilette.

— Couvrez-vous chaudement, prenez un bon manteau, de bonnes chaussures ; ne vous encombrez point de colifichets. Mais n'oubliez pas **vos** bijoux. On ne sait pas ce qui peut arriver...

Ces dames disparurent.

— Mon cher prince, dit le jésuite, revenant alors vers l'archiduc, vous feriez bien de vous en aller, il est tard et il faut que les domestiques vous voient partir.

« Allons, secouez-vous, que diable !...

Il lui parlait presque sèchement, tant il lui trouvait l'air piteux. Il n'avait plus, depuis son retour de Rome, ce ton onctueux, ces manières de chat fourré qui lui servaient ordinairement à empaumer ses dupes.

Il jetait le masque, ne prononçait plus à chaque instant le nom de la Providence, ne faisait plus intervenir Dieu dans ses discours. Et, le masque jeté, il apparaissait tel qu'il était en réalité : un condottiere rasé de près sous un habit ecclésiastique dont il usait comme d'un instrument d'intrigue.

Il continua, cherchant à remonter l'altesse :

— Il faut en prendre votre parti. Que pouvez-vous craindre, après tout, vous? vous enlevez une jeune fille, eh bien, après? vous n'êtes pas le premier à qui cela arrive. Et vous aurez encore les rieurs de votre côté. Et puis, quoi? vous avez mis cette jeune fille dans un fichu embarras, savez-vous? vous lui avez fait des promesses, vous avez abusé d'elle. Vous lui devez des compensations !

« Avez-vous de l'argent sur vous ?... Il vous en faudra beaucoup.

— Oui, j'en ai... un peu !...

— Bon ! voici ma bourse, nous compterons à votre retour, nous sommes de revue. Avez-vous bien compris ce que vous avez à faire ?

— Oh, parfaitement ! répondit l'archiduc, enfin dégourdi par l'assurance de son interlocuteur·

— D'ailleurs, vous n'allez pas vous éterniser à Maygenbrück, vous. Il ne faut pas que votre absence soit remarquée ici. Installez Marie, prenez vos précautions, revenez. Vous retournerez là-bas plus tard. Est-ce entendu ?...

— C'est entendu !

Ralph se redressa, s'ébroua, complètement remis par l'entrain communicatif de ce diable d'homme.

— Votre coupé est-il en bas, Altesse ?

— Oui.

— Bon ! Faites-vous conduire au coin de l'avenue de Saxe. Là, descendez, renvoyez votre cocher. Dans une heure au plus Marie ira vous rejoindre ; la princesse et moi la ferons s'esquiver de l'hôtel et, dans la rue, je l'accompagnerai. Je vous conseille de baisser votre chapeau sur vos yeux, de relever le collet de votre pardessus, si l'on vous rencontre, on ne vous reconnaîtra pas. Vous prendrez le premier fiacre qui se présentera, en promettant un généreux pourboire au cocher, vous pouvez vous faire conduire fort loin hors barrières, du côté de Kornenburg, par exemple. Vous y serez à une demi-heure de Maygenbrück et vous pourrez achever la route à pied, afin que le cocher ne devine pas où vous allez.

« Soyez tranquille. Il ne vous arrivera rien de fâcheux. J'en réponds. Etes-vous armé ?

— Non !

— C'est imprudent ! quand on sort le soir, même en voiture, il faut être armé. Du reste, règle générale, il est toujours bon d'avoir sur soi de quoi se défendre, tenez — il fouilla dans les plis de son vêtement — voici un poignard italien qui percerait une cuirasse, prenez-le, vous me le rendrez plus tard... Allons, Altesse... partez.

« Bonne chance ! Permettez-moi de vous serrer la main ! Ils échangèrent un shake-hands.

— Monseigneur, laissez-moi vous remercier, vous exprimer ma...

— Bien, bien ! nous parlerons de cela à votre retour... Commencez par vous en aller... Et surtout ne craignez rien, n'ayez peur de rien, soyez prudent, soyez discret. Tout se passera à merveille. Allons, au revoir !

— Mais, Mme de Vorischner ? ne puis-je la..͵

— Eh non ! nous ne faisons pas de manières ! D'ailleurs, je me charge de lui transmettre vos compliments.

Tout en parlant de la sorte, il poussait l'archiduc vers l'antichambre, où il le laissa aux soins d'un laquais, qui lui remit son pardessus et ensuite le suivit à distance jusqu'au perron.

D'en haut, le jésuite entendit claquer la portière du coupé, qui roula sur le pavé de la cour, franchit la porte cochère, s'éloigna.

— Le voilà tout de même parti ; ce n'est vraiment pas malheureux ! quelle poule mouillée ! murmura Monseigneur en rentrant dans l'appartement.

XXX

Précisément, dans la matinée de ce jour-là, M. de Hatzdelt qui, de nouveau était de semaine avait, en l'absence de l'archiduc, reçu la visite du baron Hohenmarsy, le Directeur de la police.

— Je suis enchanté de vous voir, monsieur l'aide-de-camp, lui avait dit le fonctionnaire, car j'ai déjà eu l'avantage de vous entretenir du personnage au sujet duquel je viens aujourd'hui prendre les ordres de Son Altesse. De sorte que, puisqu'Elle est absente vous pourrez...

L'officier l'interrompit en souriant :

— Mais, je ne sais pas ce que vous voulez dire, monsieur le Directeur. De quel personnage parlez-vous donc ?

— Oh ! vous devez bien vous le rappeler !... un certain Fischer ; un révolutionnaire dangereux qui, dans une réunion publique...

— Oui ! oui !... J'y suis !... Je me le rappelle, en effet ! Mais je l'avais complètement oublié !... Eh bien, que devient ce pauvre diable ?

— Ah ! ne m'en parlez pas... Il nous a donné du fil à retordre, allez, ce gaillard-là !

— Bah !

M. de Hatzdelt ne put s'empêcher de rougir légèrement, pensant sans doute que son interlocuteur venait lui demander l'autorisation de faire relâcher le typographe qu'il eût dû, lui, faire remettre en liberté depuis plusieurs semaines, après l'avoir fait incarcérer arbitrairement. Il commençait à déplorer sa coupable négligence et à supputer les ennuis qu'elle pouvait lui attirer.

— Oui! reprit le Directeur, qui paraissait aussi trouver cela fort embarrassant. Et d'abord, imaginez-vous, monsieur, que c'est un homme extraordinairement exalté, violent et haineux. Si bien qu'à Hellsuzt, où vous avez donné l'ordre de le transférer, l'on crut devoir le mettre en cellule ; mais, quant au reste, il était traité, vu sa qualité de détenu politique, avec certains égards.

« Eh bien ! croiriez-vous que, malgré ce régime bienveillant, son exaspération, sa fureur grandissaient tous les jours !...

« Il insultait les guichetiers, se répandait en injures sur le compte du gouverneur, proférait les menaces les plus horribles contre Son Altesse ; et, du matin au soir, du soir au matin, il troublait le silence réglementaire de la prison par ses cris, ses hurlements.

Jamais on n'avait entendu à Hellsuzt pareilles abominations.

« Le gouverneur fut obligé, par deux fois, de lui faire mettre la camisole de force, ce qui n'alla pas sans luttes et sans bruit, vous pouvez m'en croire!

« L'aumônier, qui est d'ailleurs un digne et excellent vieillard, tenta de le ramener par la douceur à une attitude plus humaine, il vint donc le trouver, lui conseilla le calme, l'engagea à patienter, lui promit de s'occuper de son élargissement, lui parla enfin comme un père; pour toute réponse, il reçut une bordée de furieux jurons.

« L'on ne savait vraiment à quoi attribuer la rage persistante de ce forcené. Bref, il fallut bien se rendre à l'évidence; le malheureux, dès les premiers jours de son incarcération, était devenu fou.

« C'est le médecin de la prison qui, concevant quelques soupçons sur la cause de cette irritabilité permanente, eut l'idée de l'examiner au point de vue cérébral, pour en avoir le cœur net. Eh bien! le détenu était atteint d'aliénation mentale, tout simplement!...

— Ah! sapristi, que me dites-vous là! s'écria M. de Hatzdelt sincèrement désolé. Quel malheur pour ce pauvre garçon!... et pour sa famille, donc!... Et le plus joli, c'est qu'en somme il n'avait rien fait du tout, lui!

— Il n'avait rien fait!... il n'avait rien fait!...

Mais il aurait peut-être fait quelque chose ! vous en parlez à votre aise. On voit bien que vous n'êtes pas accoutumé à ces gens-là ! L'on ne met pas toujours les malfaiteurs en prison pour ce qu'ils ont fait ; on les y met aussi pour ce qu'ils feraient s'ils n'y étaient pas !

M. de Hatzdelt continuait à tirer sa moustache d'un air préoccupé, et répétait entre ses dents :

— Sapristi !... Sapristi !... Le pauvre garçon !

Il demanda :

— Quel est son genre de folie ? Son idée fixe ? Tous les fous ont une idée fixe.

— Ah tenez, ne m'en parlez pas ! Elle n'a rien de rassurant, son idée fixe !... Tuer l'archiduc !... tuer un certain homme à casquette !... tuer les agents qui l'ont arrêté !... tuer, tuer, tuer ! cela lui prend par accès. Et quand il vocifère ces cris de mort, ses yeux, paraît-il, s'injectent de sang, sa face frémit, ses mains s'agitent convulsivement. Il est effrayant !

— Oh ! le malheureux !... le malheureux ! que je le plains !

— Attendez, Monsieur l'aide de camp. En voici bien d'une autre. Figurez-vous que le gouverneur a eu avant-hier — dans une très bonne intention — la fâcheuse idée de le faire changer de cellule et de le transférer dans une autre partie de la prison.

« Il a bien donné l'ordre de profiter pour cela

d'un moment où le détenu paraîtrait moins sur-
excité que d'habitude ; mais il n'en fallait pas
moins lui faire traverser la cour antérieure, afin
de le faire passer d'une aile du fort dans l'autre.
Par suite de quelle négligence, grâce à quelle
complicité du sort la porte extérieure du fort se
trouvait-elle précisément ouverte, c'est ce que je
ne saurais vous dire ; toujours est-il que Fischer,
qui marchait — sans entraves malheureusement
— entre quatre gardes, s'en est aperçu ; tout à
coup, il a bousculé son escorte, s'est élancé, a
traversé la cour en trois bonds, et en moins de
temps que je n'en mets à vous le raconter, s'est
trouvé dehors !

« Les gardes ont couru après lui ; la sentinelle
de la porte a tiré au jugé dans la campagne,
mais il détalait, vous pensez !... D'ailleurs, presqu'aussitôt il disparaissait dans la brousse.

« La garnison du fort s'est jetée à sa poursuite,
a battu le pays dans tous les sens, impossible de
le retrouver !...

M. de Hatzdelt, haletant d'émotion, dut se
retenir pour ne pas crier : « ah, tant mieux ! il a
joliment bien fait ! » Il se borna à demander :

— Et maintenant ?

— Et maintenant il court les champs, parbleu !
tout fou qu'il soit, il ne reviendra pas se consti-
tuer prisonnier à Hellsuzt, allez !...

A 10   5

— Oui! je le pense bien!

— Aussi, monsieur l'aide-de-camp, me voyez-vous fort embarrassé. J'ai lancé des limiers dans toutes les directions. Je n'ai pas grand espoir dans le résultat de leurs recherches.

« Cependant, si on le rattrape, que faut-il faire de lui? l'enfermer de nouveau à Hellsuzt? l'interner dans un hospice de fous?

L'officier se gratta l'oreille.

Il souhaitait de tout son cœur qu'on ne retrouvât pas le typographe. Il se considérait, et pour cause, comme responsable de l'infortune de ce pauvre garçon qui, pensait-il, ne fût pas devenu fou, si on ne lui eût point fait subir une détention aussi longue, imméritée, et probablement aggravée par de mauvais traitements, en dépit des assertions optimistes du fonctionnaire. D'un autre côté, si Fischer était réellement dangereux, il fallait à tout prix le reprendre, le mettre hors d'état de nuire. M. de Hatzdelt préféra s'en remettre à la sagacité, à l'expérience du Directeur de la police.

— Ma foi, lui dit-il, je ne sais trop, en l'absence de Son Altesse, que vous conseiller! D'ailleurs, vous rattraperez le fugitif ou vous ne le rattraperez pas. Si vous ne parvenez pas à remettre la main sur lui, tout sera dit. Si vous le reprenez, eh bien, faites-le examiner par un aliéniste ; s'il est fou, on l'internera. Il n'y a que cela à faire, car il n'est coupable de rien, ce malheureux !... Il n'avait commis aucun délit !... Tout au plus eût-on pu lui reprocher son insolence envers votre subordonné, le commissaire.

« Je l'avais fait enfermer..... pour un temps, afin de ne pas le laisser exposé à commettre quelque coup-de-tête sous l'empire de sa surexcitation — d'ailleurs assez justifiée !

« C'est pourquoi je désirerais lui éviter de nouveaux désagréments. Je m'en rapporte à vous !... Et Son Altesse, si elle m'entendait, m'approuverait certainement.

— Eh bien, Monsieur l'aide-de-camp, c'est entendu. Je ferai pour le mieux et vous tiendrai au courant, s'il y a lieu. Permettez-moi de vous prier de présenter à Son Altesse mes respectueux hommages.

Quand le directeur fut parti, M. de Hatzdelt, jugeant que cela se trouvait arrangé aussi sagement que possible, se promit bien de n'en pas souffler mot à Son Altesse, à qui il eût fallu, de fil en aiguille, tout raconter, et qui n'eût pas manqué de le blâmer sévèrement de sa négligence.

D'ailleurs, l'archiduc attendait ce jour-là le retour du jésuite chez la princesse de Vorischner ; et il ne rentra pas à l'hôtel de l'après-midi....

XXXI

Or, en cette même journée, qui venait de voir les espérances de Marie Abend s'effondrer dans l'avortement de l'intrigue si patiemment ourdie par Mme de Vorischner et le jésuite, il se passait aussi de pénibles choses à Maygenbrück. Amélie, cédant aux sollicitations affectueusement inquiètes de son père, se décidait enfin à secouer la torpeur où depuis quelque temps elle végétait.

— Si tu restes enfermée comme cela, mon enfant, tu finiras par tomber malade... Tu dois avoir des idées... comme en ont toutes les filles à marier; eh bien, il faut les chasser, t'ébrouer, te distraire. A ton âge, vois-tu, il est mauvais de broyer du noir au coin de son feu.

« Il me semble que tu n'es pas malade, et pourtant tu n'as plus tes bonnes couleurs d'autrefois. Aurais-tu des chagrins, par hasard?

Elle embrassa le vieux garde.

— Mon bon père, je n'ai pas de chagrins...

c'est seulement un peu de... mélancolie! Avec un temps pareil...

— Ah oui! c'est vrai qu'il est bien désagréable, ce temps-là!... Du brouillard, de la pluie, de la neige; c'est toujours la même chose, pour changer. Malgré tout, pour toi il vaut mieux sortir. Est-ce que tu aurais eu de mauvaises nouvelles de Charles?

— Mais non! je n'en ai même pas du tout! Figure-toi que je lui ai écrit, il y eut hier quinze jours; il ne m'a pas encore répondu. Je pense qu'il est très occupé, le pauvre garçon!

— Ou bien qu'il fait la fête, le garnement!... Baste!... Qu'il s'amuse, je n'y vois pas d'inconvénients; c'est de son âge, après tout!... mais il devrait nous donner de ses nouvelles, au moins! Je suis sûre que tu serais moins triste, s'il nous écrivait plus régulièrement!

— Son silence me fait tout de même espérer qu'il viendra bientôt; j'ai hâte de le voir, mon Charles chéri!

— Je me charge de lui laver la tête, moi, à ton frère chéri, grogna le forestier. En attendant, crois-moi, va, sors un peu. Tiens, veux-tu aller au château?... Il y a justement à dire à l'intendant que les talus s'éboulent du côté de Salz-marckett; tu sais, là où il a fait planter du buisson l'année dernière! Eh bien, tu lui diras que si on ne les fait pas redresser, dans huit jours ils auront comblé le fossé; les pluies ravinent tout, par là !...

— J'irai volontiers au château. Est-ce tout ce que vous avez à faire dire à M. Hermansser?

— C'est tout, fillette! Allons, va! prends par la grande allée, la route est plus belle... Ne te préoccupe pas du ménage; Fritz fera la cuisine ce soir. A propos, si tu le rencontres en chemin, dis-lui de rentrer à la maison. Quant à moi, je ne sortirai pas tantôt; je suis trop las. Je nettoierai mes fusils, qui ont pris le brouillard de la plaine, tous ces matins.

Amélie jeta un manteau sur ses épaules, mit un fichu sur sa tête, et partit à travers bois pour gagner la grande allée, qu'elle suivit ensuite jusqu'au château, où elle arriva sans avoir rencontré personne. Après avoir traversé les cours désertes, elle y entra, comme chaque fois qu'elle y venait, par une porte de derrière qui donnait accès de plain-pied dans le logement de Hermansser.

Le bureau de l'intendant se trouvait au fond d'un couloir peu éclairé qui desservait cette partie du rez-de-chaussée; Amélie connaissait assez bien les êtres du château pour s'y diriger seule.

D'ailleurs, l'antichambre, comme les cours,

était déserte; mais un bruit de voix décelait la présence de M. Hermansser dans son bureau.

Mlle Fischer, suivant le couloir où un tapis de sparterie étouffait le bruit de ses pas, se dirigea donc vers la porte du bureau; mais, arrivée tout auprès, elle s'arrêta; de l'autre côté, l'intendant, dans sa conversation — sans doute avec quelqu'un du domaine — venait de prononcer son nom; et grâce à la faible épaisseur de la boiserie, elle entendait distinctement ce qui se disait chez M. Hermansser.

Elle fut sur le point de s'en retourner, par discrétion, afin de ne pas surprendre les propos qui s'échangeaient dans le bureau de la gérance; mais elle hésita; et comme son nom fut répété, elle changea d'idée, resta là, au contraire, retint son souffle afin de mieux entendre.

Et ce qu'elle entendit la frappa de stupeur! Le visiteur qui causait avec M. Hermansser devait lui être inconnu, car elle ne se souvenait point d'avoir entendu sa voix ailleurs; c'était le baron de Swarbrorg; et tous deux avaient apparemment pensé que l'on ne s'introduirait pas dans le couloir pendant leur entretien, car ils parlaient sans contrainte, à voix haute, même avec une certaine animation.

— Et, demandait M. de Swarbrorg, comment Amélie Fischer prend-elle cet abandon?

— Comme bien vous pensez, monsieur le baron, reprit l'intendant, elle ne me fait pas ses confidences... du reste elle ne les fait à personne! mais je crois savoir qu'elle ne sort presque plus, qu'elle est triste, accablée; elle a l'air de filer, comme on dit, un mauvais coton.

— Ah! et elle ne songe pas à se venger de l'infidèle!

— Dame, vous m'en demandez trop long!

— Et le frère?

— Le frère? on ne le voit plus du tout! qu'est-il devenu? on n'en sait rien! Sapristi — à propos de lui, — il est bien regrettable que nous ayons manqué au Gortcherstrasse un coup si bien monté!...

— Oui! c'est en effet bien regrettable! Enfin, nous avons du temps devant nous, à présent que j'ai pu faire échouer le divorce de l'archiduc. Si les autres savaient cela!...

— Oh! vous avez accompli là un vrai tour de force, monsieur le baron, vrai! Je vous en félicite!...

— Merci, Hermansser, vous êtes bien bon! mais il ne faut pas nous endormir sur nos lauriers.

« Si nous ne trouvons pas promptement une occasion pour agir, la supercherie dont j'ai usé à Rome peut être découverte; et alors, vous comprenez...

— Fichtre! je crois bien!... Mais je suis tout à

votre disposition, comme vous le savez, monsieur le baron !

— Oui, mon brave ami, je le sais ; aussi serez-vous récompensé convenablement, allez, pour tout le mal que vous vous êtes donné !

— Merci d'avance ; mais en attendant, que faut-il faire, ici ?

— Heu ! je vous dirai que je n'ai pas de plan bien arrêté : tout dépendra des circonstances. Ah ! si le frère était là !...

— Oui, mais il n'est pas là !

— N'importe ! Je vais revoir l'archiduc, le pousser à revenir ici plus souvent ; je le connais, il ne manquera pas de renouer avec la petite Fischer : du reste, je le lui conseillerai. Quant à elle, il y a gros à parier qu'elle ne demandera pas mieux. Entre temps, ce maudit socialiste peut reparaître à l'horizon ; Stielmans est à sa recherche ; s'il le découvre, nous trouverons un autre compère pour lui monter la tête : ce sera facile ; il doit garder une fameuse dent contre l'archiduc ! Il faudrait alors s'arranger pour qu'il surprît nos tourtereaux en tête-à-tête. Vindicatif et violent comme il l'est, il « descendrait » le séducteur en un tour de main. Ah ! si la petite devenait enceinte : quelle veine ! C'est pour le coup, que le typographe lui ferait son affaire, au don Juan !...

Immobile contre la porte, Amélie ne perdait pas un mot de cette bizarre conversation. Ce qu'elle entendait lui semblait tellement inconcevable que d'abord elle crut rêver; un instant même elle se demanda si les personnes qui parlaient de la sorte n'étaient pas folles.

Cependant, sa première stupeur passée, elle dut bien se rendre à l'évidence : le hasard lui livrait le secret d'un complot sûrement ourdi contre l'archiduc et dont elle et son frère pouvaient aussi être victimes. Il n'y avait pas à **en** douter. C'était bien cela. Oh, les brigands !...

Elle eut, par bonheur, assez d'empire sur elle-même pour ne **pas** ouvrir brusquement la porte et leur jeter à la face son indignation, son horreur qui la suffoquaient !

Elle râlait sourdement :

— Oh, les brigands !... les misérables !

Elle se retenait de trépigner, de frapper; **pour** ne pas crier, elle mordait son mouchoir qu'elle tenait roulé en tampon sur sa bouche.

Jamais, jamais elle n'eût soupçonné une pareille monstruosité : **elle n'en revenait pas !...** ne trouvait pas autre chose dans ses pensées que cette expression de son indignation :

— Les brigands !... les misérables !... tuer Ralph, son bien-aimé Ralph !... le faire tuer **par** son frère chéri !... les bandits !

Un violent effort de raison la retenait cependant là, frémissante, éperdue.

Ils continuaient à causer, avec le même atroce cynisme, de leurs desseins abominables.

— Voyez-vous, monsieur le baron, tout cela est très joli : mais c'est bien difficile, bien compliqué. Si l'on avait voulu me laisser faire, allez, ce serait fini depuis longtemps. Je n'y fusse pas allé par trente-six chemins, moi !... Pendant que l'on chassait ici, je me serais procuré un bon tireur, bien maladroit en apparence, et qui nous eût démoli le personnage comme un chevreuil ; ah, sacredieu, ça n'aurait pas traîné ! Et à présent nous serions tranquilles !

— Taratata ! vous parlez là, mon cher, comme un homme sans expérience !... Croyez-moi, Glici, qui est plus malin que vous et que moi, a eu raison de me dissuader de ce moyen. Ce sont les suites qu'il faut envisager, mon pauvre ami !

« C'est plus tôt fait, j'en conviens ; mais qui sait où peuvent mener de tels procédés !... Non, allez, il est préférable de laisser faire le coup par un autre, qui y aille bon jeu bon argent, et se mettre soi-même à l'abri de tout soupçon ! On s'en tire les mains nettes, les poches pleines ; là est la force, et le secret du succès !... Par exemple, tenez, supposez que nous arrivions à jeter le typographe en plein duo d'amour entre l'archiduc et

Mlle Fischer : exaspéré comme il doit l'être, comme il le sera, en tout cas, il tuera l'archiduc, c'est certain. Peut-être même les tuera-t-il tous deux. Eh bien, que voulez-vous qu'on nous dise, à nous? Voilà un enragé qui lave dans le sang du séducteur l'honneur de sa famille, en quoi cela nous regarde-t-il?... Tout le monde déplore discrètement cet événement, nous paraissons plus affligés que les autres; la cour se hâte d'étouffer le scandale, et personne ne songe à nous inquiéter!

« Tandis qu'un prétendu accident de chasse!... Ah, non, vous savez; on la connaît!... Vous verriez ce potin, dans les journaux... dans six mois on en parlerait encore; et ces choses-là demandent à être oubliées le plus vite possible. Et puis le tireur maladroit, qu'il faudrait payer, et qui pourrait parler, par dessus le marché!... Laissez-les donc avoir l'air de régler leurs comptes en famille, allez !... Un roman d'amour !... Un séducteur!... Un vengeur!... Dans le public, tout le monde coupera dedans.

— Oh! c'est horrible!... horrible!... fit Amélie transportée d'indignation. Ce sont de vrais bandits!... Heureusement que j'ai tout entendu!... Mon pauvre frère! mon bon Charles! Et mon Ralph si chéri, malgré ses torts! Ils feraient cela!... Il nous jetteraient, mon frère et moi, dans ce crime odieux!... Oh, les brigands! Je retourne à la maison. J'en sais assez. Avant demain, l'archiduc saura tout!... Mais, outrée à ce point, elle laissa sans doute s'exhaler trop bruyamment les pensées tumultueuses qui la bouleversaient.

Du bureau, les deux bandits l'entendirent. Hermansser se précipita vers la porte, l'ouvrit vivement; il reconnut dans la pénombre du couloir Mlle Fischer qui s'éloignait avec précipitation.

Il se retourna blémissant vers le baron accouru auprès de lui :

— C'était la petite Fischer : nous sommes perdus! elle sait tout!...

M. de Swarbrorg, à ces mots, pâlit affreusement, et ne put que balbutier, étranglé par la terreur :

— Si elle parle... c'est pour nous les galères!...

Un feu sinistre passa dans les yeux de l'intendant :

— Si elle parle, oui!... Mais elle ne parlera pas, j'en réponds!

Et comme si une idée soudaine lui traversait l'esprit, il resta planté là un grand moment, à réfléchir, tenant encore le bouton de la porte entrebaillée.

Il reprit, l'ouvrant toute grande.

— Que l'enfer me brûle, si elle répète jamais un seul mot de ce qu'elle a entendu !

Il tira de son gousset un court sifflet d'argent, dont il jeta un appel strident dans le couloir.

Bientôt un pas alourdi fit craquer le sable de l'arrière-cour :

Fritz parut.

— Où étais-tu?

— Comme vous me l'avez ordonné, maître Hermansser, j'attendais vos ordres dans la petite remise.

— Tu n'as vu entrer personne ici?

— Personne! D'ailleurs, de là où je me trouvais, je ne pouvais rien voir. Je suis sûr, par exemple, que l'on ne m'y a pas vu non plus!

— C'est bien, mon garçon! Entre, j'ai à te parler!

Tandis que l'aide-garde s'approchait, l'intendant disait au baron :

— Pour aujourd'hui, monsieur de Swarbrorg, je crois que vous feriez bien de vous en aller : en restant ici, vous pourriez me gêner. Revenez plutôt un de ces jours, et soyez tranquille!

Il cligna de l'œil d'une manière significative, et, se retournant vers Fritz :

— A quelle heure dîne-t-on, le soir, chez les Fischer?

— A neuf heures, maître Hermansser; et même, si vous n'avez plus besoin de moi, je voudrais rentrer bientôt, car il faut que je leur fasse la cuisine, ce soir!

— Bon, bon! tu as le temps, répondit l'intendant après avoir consulté sa montre, il n'est encore que trois heures. Viens par ici, entre dans mon bureau.

Le baron prenait son chapeau.

— Au revoir, monsieur le baron, comptez sur moi!

— Au revoir donc, mon cher; faites pour le mieux : je m'en rapporte à vous!

Hermansser, resté seul avec Fritz, referma la porte, tandis que le baron par les derrières du domaine regagnait à pied le bourg d'Eisenau, où son cabriolet l'attendait dans une auberge.

. . . .

Cependant Mlle Fischer ayant déjà rejoint la grande allée par où elle était venue, marchait d'un pas moins hâtif.

Le grand air vif et salubre des bois, en caressant son front de souffles frais, calmait par degrés son exaltation nerveuse : non moins profondément écœurée et indignée que tout à l'heure, mais relativement apaisée, elle réfléchissait.

Il fallait avertir l'archiduc à tout prix : tout de suite, cette nuit même.

Comment parviendrait-elle jusqu'à lui, elle ne se le demandait même pas; d'abord elle se munirait d'argent, se glisserait hors du pavillon quand les hommes seraient endormis, et se rendrait

directement, chez Hans Pfoffküll, qui de jour et
de nuit louait des carrioles. Elle se ferait conduire
à Vienne. Et une fois en ville, elle verrait, elle
trouverait bien Ralph !

Mais il était indispensable de n'éveiller ni les
soupçons de Fritz, qu'elle supposait gagné à
Hermansser, ni l'inquiétude de Fischer qui pensait-elle, devait ignorer le complot jusqu'à nouvel
ordre. En effet, aux premiers mots qu'elle lui eût
dit, le garde, dévoué corps et âme aux Donau-
Schönbourg, eût décroché sa carabine et fût allé
casser la tête à l'intendant. Comme le bonhomme
était en continuelles discussions avec Hermansser,
il ne fallait pas qu'on pût l'accuser d'avoir assassiné par vengeance l'ancien pharmacien.

Elle ne ferait donc, en présence de son père,
aucune allusion à ce qu'elle venait d'entendre.

Quant à Fritz, il suffirait, pour endormir sa vigilance possible, de garder pendant le repas du
soir son attitude accoutumée.

Du reste, n'ayant point entendu ouvrir la porte
de Hermansser, elle était à cent lieues de penser
que l'intendant sût que son complice et lui avaient
été entendus. Tout en cheminant, elle se remé-
morait les heures de tendre abandon passées avec
Ralph dans ces bois qu'elle traversait aujour-
d'hui le cœur déchiré de tristesse et d'angoisses,
bouleversé de noirs pressentiments. Que de fois,

depuis, elle avait souhaité la mort : la fin de tout !
Son âme était désolée comme le paysage qui l'entourait.

Mais, ce qu'elle venait de surprendre lui créait
des devoirs sacrés ; elle devait vivre, faire abnégation de son chagrin, de ses regrets, ne plus se
souvenir de l'abandon immérité, inqualifiable,
qui lui avait coûté tant de larmes ; faire même
abnégation de sa propre sécurité ; de tout ! Mais,
prévenir Ralph, veiller sur lui, veiller sur Charles, les protéger tous deux, étendre sur eux,
autour d'eux, une infatigable sollicitude.

Ralph la délaissait ; eh bien, elle ne se venge-
rait pas autrement, et serait encore heureuse si
elle pouvait le préserver de quelque péril.

Jamais elle n'eût cru les ennemis de l'archiduc
capables de lui tendre d'aussi odieuses embûches;
ses ennemis, quelle ironie ! il avait donc des
ennemis, lui pourtant si bon, si bienveillant,
si charitable, si désarmé, et si faible, même
dans les circonstances où il eût pu au contraire
se montrer si hautain, si arrogant, si indifférent
aux misères de ses futurs sujets !

Cette injustice, cette ingratitude des hommes
la révoltaient. Pourquoi chercher à le tuer ?
Quel parti souhaitait sa mort ? Où trouverait-on
un prince meilleur ?...

Et Charles, le pauvre garçon, qu'avait-il fait ?

Elle ne songeait seulement pas, dans son exaspération renaissante, qu'elle aussi pouvait être
sacrifiée ; dès qu'il s'agissait de Ralph et de
Charles, elle ne se comptait plus ; mais ce que
par-dessus tout elle trouvait atroce, c'était de
l'avoir choisie, elle, elle qui leur eût donné tout
son sang, pour les attirer tous deux dans un
piège aussi horrible pour l'un que pour l'autre !

Un peu avant d'arriver au pavillon, elle s'arrêta en pleine solitude du bois et se reposa sur
un tronc d'arbre abattu, afin de ne reparaître
devant son père que remise, en apparence du
moins, de sa fébrile émotion.

Elle acheva là de mûrir le plan qu'elle comptait mettre à exécution la nuit suivante ; et bientôt, se sentant moins agitée, elle reprit son chemin.

— Eh bien, reviens-tu plus gaie ? lui demanda
son père avec intérêt.

— Merci, père ; vous avez eu une excellente
idée. Je me sens beaucoup mieux.

— Là ! Tu vois bien ! As-tu trouvé M. Hermansser ?

— Ma foi, père, je vais vous dire ; je ne suis
pas allée au château. Une fois partie, j'ai trouvé
tant d'agrément à cette promenade que je l'ai
poussée du côté opposé ; il faisait si bon mar-
cher, aujourd'hui !

— Tu as bien fait, mon enfant ; on préviendra aussi bien l'intendant demain !

— C'est précisément ce que je me suis dit !

— Tu n'as pas vu Fritz, par là ?

— Non !

Elle ne l'avait point aperçu, en effet.

Sur ce, elle monta dans sa chambre, s'y enferma, ne redescendit qu'à l'heure du dîner.

Fritz rentra assez tard ; le père Fischer, assis sur un escabeau, avec une lampe auprès de lui, fumait sa pipe, tout en remontant un fusil qu'il venait de nettoyer ; et comme il était en bonne humeur, il interpella son aide sur un ton jovial :

— D'où viens-tu donc, flâneur ? tu devais être ici à quatre heures, il en est six ; est-ce que tu aurais rencontré par les bois des perdrix coiffées, par hasard ?...

— Pas du tout, maître Fischer, répondit le Prussien avec un gros rire forcé ; tenez, j'ai couru tout aujourd'hui pour ne tuer que ce méchant oiseau-là !

Il jeta sur la table un coq de bruyère superbe, se débarrassa prestement de sa gibecière et de son fusil.

— Belle pièce ! s'écria en connaisseur le vieux garde ; nous la mettrons demain à la broche ! mais, tu sais, garçon, il faut en laisser pour Son

Altesse, des coqs de bruyère ; tu en as déjà tué un la semaine passée !...

— Baste ! un de plus, un de moins !... Là ! Je vais me mettre à la cuisine ; ça ne sera pas long...

En effet, il alluma le fourneau de fonte, prépara ses ustensiles, parut s'efforcer de regagner par son activité le temps perdu.

Le dîner du reste n'exigeait pas de longs préparatifs ; il se composait ce jour-là de venaison froide, de restes de la veille, et d'un potage dont Fritz connaissait la recette et qu'il confectionnait dans la perfection.

Sur ces entrefaites, Amélie descendit.

Tandis que le garde lui faisait admirer le faisan dont le plumage chatoyait à la lumière de la lampe, elle demanda à l'aide sur le ton le plus naturel :

— De quel côté avez-vous tué ce bel oiseau, Fritz ? Du côté du château ?

— Ah ! je m'en serais bien gardé, mademoiselle ! répondit-il, très affairé autour de ses casseroles. Si M. Hermansser me voyait tirer une pièce pareille, que dirait-il donc ? lui qui crie comme un brûlé pour une malheureuse alouette. J'en ai tiré une l'an dernier devant lui ; il me la reproche encore !

— Je croyais pourtant que vous iriez par là ?

— Oui ; j'avais dit à maître Fischer que j'irais,

et puis une fois dehors, vous savez ce que c'est ?
Je me suis dit : Tiens, je vais aller du côté de
Salzmarckett ; c'est plein de gibier, par là ! Et
ce n'est pas étonnant, personne ne vient plus
chasser ! Alors, dame, j'y ai passé l'après-midi !...
D'ailleurs, je n'avais pas affaire au château,
moi ! Pour en revenir donc à la ravine, vers
Salzmarckett, figurez-vous, mademoiselle, que
l'autre jour...

Le bonhomme l'interrompit en riant.

— Fais-nous dîner, plutôt, maudit bavard !
avant, on ne pouvait seulement pas lui arracher
une parole, à ce grand benêt-là ! A présent, il est
pire que la vieille Kate, la servante de Hans
Pfoffküll ; on ne peut plus l'arrêter !

— Voilà, voilà, maître Fischer ! je suis prêt
à l'instant !

En un tour de main, il jeta une nappe sur la
table, disposa le couvert ; il s'empressait, visiblement enchanté de sa journée.

— Maître Fischer, mademoiselle Amélie,
mettez-vous à table ! Pendant ce temps, je vais
chercher de la bière !

Il se précipita dans le sous-sol, où l'on serrait
les provisions ménagères ; et d'un grand moment
ne remonta pas.

— Que diable fais-tu en bas ? lui cria le garde
de sa place ; veux-tu que je t'éclaire ?

Il reparut enfin, tenant à la main une cruche pleine d'un liquide mousseux.

— C'est que, expliqua-t-il pour s'excuser, je me suis aperçu que la grosse tonne est vide ; alors, j'ai entamé la petite... et cela m'a pris un bout de temps...

— Ah ! c'est de la nouvelle bière ? demanda le garde, qu'un renseignement de cette nature ne pouvait laisser indifférent. Voyons, si elle est aussi bonne que l'ancienne ?

Il s'en versa une chope, la dégusta, fit claquer sa langue, acheva de la vider d'un trait, tandis que le Prussien s'occupait à ranger sur un plat le quartier de venaison rôti le matin.

— Heu ! pas fameuse, la bière au père Sobolensky ; je ne lui en prendrai point une autre tonne ! Elle a un goût... un goût...

— Le goût du fût, peut-être bien, fit observer Fritz, avec une telle conviction qu'Amélie en remplit aussi sa chope.

— C'est curieux ! dit-elle à son tour, dès la première gorgée ; elle n'est pourtant pas mauvaise ; mais, en effet, elle a un goût particulier !

— Moi, affirma effrontément l'aide-garde, j'ai trouvé ça aussi ; je l'ai goûtée en bas tout à l'heure, et j'ai fait la même observation que vous. Ça vient de la tonne, bien sûr !

— C'est étonnant ce goût-là ! grommela Fischer. On ne sait plus avec quoi ils font leurs barriques, ces voleurs de brasseurs ! car c'est le bois, ce doit être le bois ; quel drôle de goût !...

— Attendez, dit tranquillement Fritz ; je vais vous dire cela exactement : je vais en boire ; mais je vais d'abord chercher mon couteau, que j'ai laissé dans ma vareuse ! Je reviens !

Il passa dans la pièce contiguë à la salle.

A peine avait-il disparu que le garde laissa retomber la chope qu'il portait de nouveau à ses lèvres, et qui se brisa sur le carreau, éclaboussant tout de son contenu. Et, tout d'un coup, il se dressa, roide, pâle, défiguré.

Il porta les mains à son estomac en poussant un gémissement prolongé.

Amélie se leva précipitamment.

— Père ! père ! s'écria-t-elle ; qu'avez-vous ? Fritz, vite ! venez vite !

Mais elle-même, dès qu'elle fut debout, jeta un cri terrible en sentant une atroce douleur lui brûler l'épigastre ; et au lieu de courir à Fischer, elle resta là, étouffant, torturée par la souffrance qui circulait dans ses entrailles.

Le garde, déjà hors d'état d'articuler un seul mot, se tordait dans d'intolérables convulsions, trépignait, râlait sourdement, pétrissait sa poitrine de ses mains crispées.

Amélie eut encore la force de crier :

— Mais venez donc ici, Fritz !

Et elle retomba sur son escabeau, poignée à son tour par le violent poison qu'elle et son père venaient de boire.

La bière restée au fond de sa chope, devant elle, se décomposait rapidement, prenait un teinte verdâtre.

La jeune fille, malgré ses souffrances aiguës, s'en aperçut ; et une idée soudaine traversa son esprit :

— Les misérables ! ils nous ont fait empoisonner ! Père, mon pauvre père ! nous sommes empoisonnés !

Fischer ne l'entendait déjà plus, ou du moins ne pouvait plus la comprendre.

Les yeux démesurément agrandis, la face terreuse, de la bave aux lèvres, ses mains crispées à sa poitrine, il continuait à tourner sur lui-même en frappant le carreau du pied. Enfin, il eut une suprême convulsion et s'abîma, la mâchoire tordue, les membres raidis, dans la flaque de bière, achevant de briser dans sa chute les débris de sa chope.

Amélie, dans un violent effort voulut se lever, courir à lui ; mais elle fut prise des mêmes horribles convulsions et, le visage affreusement contracté, elle roula sur le cadavre de son père, trouvant encore assez d'énergie pour jeter un dernier adieu à ceux qu'elle avait chéris :

— Ralph, je meurs pour vous... je vous pardonne ! Soyez heureux !... Et toi, Charles, mon pauvre petit frère chéri !... Père... adieu ! Je meurs !... Mon Dieu, pardonnez à nos assassins !...

Et, dans un spasme, dans un râle, elle rendit l'âme.

. . . .

Au silence qui régna bientôt dans la salle, le Prussien comprit que tout était fini. Il s'était réfugié dans la pièce qui lui servait de chambre et qui restait dans l'obscurité ; il s'y tenait tapi, son couteau ouvert à la main, pour le cas où l'effet du poison, moins prompt que ne l'avait prévu Hermansser, eût laissé à Fischer le temps de soupçonner la vérité et la force de chercher à punir le forfait accompli.

Mais il n'entendait plus rien ; il se glissa jusqu'à la porte ; ses deux victimes étaient étendues sans mouvement sur le carreau ; le poison avait fait son œuvre.

Alors, il rentra dans la salle.

Et devant les corps qui gisaient là, effroyablement, il n'eût pas un instant d'émotion, pas l'ombre d'un remords. Plus sauvage que les loups auxquels il donnait parfois la chasse, il considérait ses victimes d'un œil froid, étonné seulement de la puissance extraordinaire de cette poudre grisâtre que lui avait remise M. Hermansser, et dont quelques pincées dans une cruche de bière suffisaient pour tuer presque instantanément deux personnes.

Il n'éprouvait pas autre chose, en face de l'énormité de son crime ; et il ne lui revint même pas à l'idée — sinon à la conscience — qu'il avait partagé la vie de ces deux êtres que la mort venait de jeter sur le carreau, en un groupe affreux à voir ; qu'il avait de ses propres mains préparé la fin des Fischer, chez lesquels il avait toujours trouvé une hospitalité quasi-familiale.

Tout ce qu'il était capable de sentir en un pareil moment, se résumait en quelques mots :

— Sacré tonnerre ! Dire que j'en avais mis si peu ! Quel homme, ce Hermansser ! C'est égal, à présent, elle ne dira rien, la petite !

Mais, il lui restait autre chose à faire.

Il enleva rapidement le couvert, le dîner, ne laissa sur la table que la cruche et deux chopes à demi-pleines de la bière empoisonnée, et, bien en évidence auprès de la lampe, il plaça une enveloppe déchirée, chiffonnée, salie comme à plaisir, d'où sortait un papier sur lequel étaient tracées ces lignes :

— « Prenez garde! *Il* ne vous aime plus, vous le gênez. *Il* se débarrassera de vous!... *Il* vous fera empoisonner. *Il* l'a dit! — Un ami inconnu. »

— Cette lettre-là, ricana le misérable, n'est déjà pas si bête! Il est rudement malin, l'intendant, tout de même! Il a raison : il ne faut jamais faire les choses à moitié. Si le fils arrivait, par hasard, en trouvant ce papier il serait renseigné tout de suite. Et puis, n'importe comment, cette précaution nous met à l'abri des soupçons!... Ah! sacré tonnerre! je voudrais bien voir la tête qu'il ferait, le fils, en lisant ça!... ha! ha! ha!

Cela le mit en bonne humeur; pour lui, la lettre et le reste n'étaient qu'une bonne farce. Il rentra dans sa chambre, y rangea tout, prit ses économies, revêtit ses meilleurs habits, se prépara, en un mot, à partir, comme s'il eut quitté ostensiblement la maison pour quelques jours.

Pour sortir, il dut traverser de nouveau la salle. Les deux corps, étendus, la barraient en partie; sans une hésitation, il enjamba par-dessus. En sortant du pavillon, il tira la porte derrière lui.

Il s'éloignait à grands pas dans la direction de la grande allée, lorsqu'il sentit quelque chose de doux frôler le bas de ses jambes : Toby, le chien du garde, l'accompagnait.

Il lui allongea un coup de pied.

— Allez coucher, sale bête!... Allez!

Le pauvre animal détala en poussant de faibles gémissements.

Arrivé à l'allée, Fritz s'arrêta, posa à ses pieds un paquet de hardes qu'il emportait, nouées dans un mouchoir, et, mettant ses deux doigts dans sa bouche, il poussa un long sifflement.

Bientôt, une forme humaine surgit du bois, se dessina, se rapprocha.

— C'est vous, monsieur Hermansser?

— Oui, mon garçon, c'est moi. Eh bien?

— Eh bien! ça y est!

— Ah! cela s'est-il bien passé?

— Parfaitement. Comme vous l'aviez dit, ça leur a fait balle dans le corps! C'était rudement fort, cette drogue-là! sacré mâtin! Ils ont bu la bière, ils ont bredouillé... et puis, crac! ils sont tombés assommés!...

— Là! tu vois bien, quand je te le disais!... La science, vois-tu, mon garçon, la science!... As-tu tout rangé comme je te l'ai recommandé?

— Tellement bien, que vous-même vous vous y tromperiez, quoi!

— Bon! alors, voici pour toi.

Il lui remit un papier plié en quatre et un rouleau d'or que Fritz s'empressa de faire disparaître dans sa veste, après l'avoir soupesé.

— Le papier est la permission de t'absenter pendant quinze jours du domaine; elle est datée l'hier, de sorte que tu es censé parti depuis ce matin. Es-tu bien sûr de n'avoir été vu au château par personne, aujourd'hui?

— Absolument sûr, monsieur Hermansser !

— Eh bien ! va-t-en. Va à pied jusqu'à Vienne, et surtout, pas de bêtises, hein ! prends-bien le premier train !

— C'est entendu ! Mais vous ne m'oublierez pas pour le reste ?

— Tu peux compter sur moi : trois fois ce que je viens de te remettre. Écris-moi de Berlin pour me donner ton adresse, n'est-ce pas ?

— Je vous écrirai, bien sûr ! Est-ce tout ?

— C'est tout ! Tiens ta langue, seulement !

Fritz jeta sa gibecière sur son épaule et fit un mouvement comme pour se remettre en route. Puis se ravisant :

— Monsieur Hermansser ? fit-il, presque brutalement.

— Quoi encore, garçon ? répondit l'autre, qui déjà tournait le dos.

— Monsieur Hermansser, reprit le Prussien menaçant, c'est bien convenu, n'est-ce pas ? Vous m'enverrez la somme là-bas ? Souvenez-vous que si, par malheur, vous manquiez à votre parole, Fritz Fleischmann ne vous manquerait pas, lui ? Méfiez-vous !

— Va donc, va ! lui jeta l'intendant d'un air

bonhomme, sois tranquille, grand benêt. Pour
qui me prends-tu : pour un malhonnête homme?...

« Allons, va !

Ils repartirent chacun de son côté, se perdirent
de vue; Fritz grommelait entre ses dents :

— Méfiez-vous! ne jouez pas avec Fritz Fleischmann! Il vous vendrait comme un chien, tout
malin que vous êtes!

Et l'intendant, allongeant le pas, les mains aux
poches, ricanait dans son cache-nez.

— Attends un peu! Je viens de lui donner
cent florins, et il n'est pas content, ce lourdaud!
Peste! J'en supprimerais, du monde, moi, pour
cent florins! Plus souvent qu'il aura le reste!...
Et, s'il est trop bavard, je le ferai pendre! A-t-on
jamais vu!

XXXII

Vers quatre heures du matin, par une complète obscurité, Ralph et Marie, qui avaient quitté aux premières maisons de Kornenburg la voiture avec laquelle ils étaient venus de Vienne, pénétrèrent dans le parc de Maygenbrück par un des ponts jetés du domaine à la grande route, par dessus le large fossé de bordure.

Cette première partie de leur voyage s'était effectuée, comme l'avait prévu le jésuite, sans encombre.

A minuit, Mlle Abend, très emmitouflée, le visage dissimulé sous une épaisse voilette, était arrivée au coin de l'avenue de Saxe et de la Rheingstrasse, où Ralph l'attendait en arpentant les trottoirs depuis qu'il avait renvoyé sa voiture.

Dès qu'elle fut là, il héla le premier fiacre qui vint à passer, parlementa avec le cocher, qui finit par accepter de les conduire à Kornenburg, moyennant le pourboire exorbitant que l'archiduc lui promit sans marchander.

Pressé de gagner en une nuit plus qu'il ne recueillait en huit jours, le cocher les avait menés d'un train d'enfer jusqu'à la porte d'une auberge de Kornenburg où il comptait laisser reposer son cheval en attendant le jour.

Et depuis qu'ils avaient mis pied à terre, ils suivaient la grande route, défoncée par les pluies récentes, pataugeant çà et là dans des flaques d'eau bourbeuse.

A peine, depuis leur départ de Vienne, avaient-ils échangé quelques rares paroles; Ralph s'était chargé du sac de voyage de Marie, et restait absorbé par ses réflexions; quant à la jeune fille, la précipitation de cette fuite, les émotions qu'elle venait de traverser coup sur coup, la laissaient moralement et physiquement abattue.

Elle allait, machinalement appuyée sur le bras de Ralph, n'imaginant plus rien, tant elle avait la tête pleine du souvenir confus, brouillé, des choses pénibles qui, depuis quelques jours, s'acharnaient à la terrasser.

Elle avait, en cette dernière soirée chez la princesse, dépensé la meilleure part de sa force de résistance, de son énergie; une réaction inévitable la rejetait passive, démoralisée, en face du fait accompli.

Son ambition même ne la soutenait plus; elle s'enfuyait, comme une aventurière quelconque, avec son amant, se voyait, quoiqu'il advînt désormais, irrémédiablement perdue de réputation, condamnée peut-être à une existence de hasards, d'aventures pires ; elle s'abandonnait à sa destinée, retrouvant sous l'étreinte du malheur, au plus profond d'elle-même, quelque chose du fatalisme de sa race.

Ralph, pas plus qu'elle, ne cherchait à se roidir contre le sort. Tant qu'il était resté sous l'influence magnétique du jésuite, il s'était senti assez hardi pour affronter les plus pénibles complications. Monseigneur, avec son timbre de voix métallique, son geste impératif, l'éclat de ses yeux, avait pu l'électriser pour un temps ; mais à la fin, chez lui aussi, la fatigue physique réagissait sur le moral ; son naturel indécis, son caractère hésitant reprenaient l'avantage.

Il commençait à regretter de s'être jeté sans réflexions dans une telle aventure ; peut-être, en restant à Vienne, eût-on trouvé quelque chose — il ne savait quoi — qui eût été préférable. Et puis, maintenant, il ne pensait pas, sans quelque appréhension à l'accueil qu'il allait trouver auprès de Mlle Fischer. Des scrupules tardifs l'éclairaient sur ce qu'une telle démarche pouvait avoir de blessant pour elle.

En somme, si magnanime, si dévouée, si bonne fût-elle, elle ne pourrait pas ne point s'arrêter à cette idée : qu'il venait lui demander l'hospitalité, la sécurité, le salut pour une rivale préférée. Comment le jugerait-elle? Ne serait-elle point indignée d'un pareil manquement aux égards qu'il lui devait? Elle ne lui devait rien, après tout!

Pour un peu plus, il eût renoncé à ce dessein. Que faire, pourtant? Retourner à Vienne? Il n'y fallait pas songer!

Ils marchaient toujours!

Une bise âpre, glaciale, se levait du nord-ouest, jetait dans les bois la tristesse que les autans roulent sous un ciel muet; une immense détresse flottait dans la nature morne; des branchettes mortes, jetées par les tempêtes en travers des sentiers ravinés, craquaient sous leurs pas, et, à chaque instant, leur pied glissait au bord de quelque ornière.

L'idée du bien-être qu'ils venaient de quitter pour se lancer dans cette fuite, en pleine horreur de la nuit; l'appréhension de toutes les ronces où ils se déchireraient dans une telle voie, leur serraient à tous deux le cœur douloureusement; cela les faisait songer d'une débâcle désespérée où ils roulaient inconscients : la débâcle de leur vie, de leurs espérances, de leur amour.

Leur calvaire commençait.

Cependant, ils se rapprochaient de plus en plus du pavillon du garde.

Comme ils restaient l'un et l'autre silencieux, Ralph comprit que Marie devait interpréter défavorablement son silence; il craignait surtout de lui laisser voir ou croire qu'il regrettait d'avoir accepté ce rôle complexe de protecteur, de ravisseur et d'aventurier.

Aussi, autant pour faire diversion à ses propres inquiétudes que pour ménager la susceptibilité de Mlle Abend, lui adressa-t-il quelques mots :

— J'espère, ma chère Marie, que nous allons arriver bientôt; que je suis contrarié d'avoir dû vous faire prendre d'aussi mauvais chemins !

— Oui ! de bien mauvais chemins ! Mais, mon pauvre ami, vous ne pouviez faire qu'ils fussent meilleurs ! Je ne vous en veux pas ; mais, si vous saviez comme je suis lasse ! Je n'en puis plus !...

Lui aussi se sentait harassé; néanmoins, il hasarda :

— Voulez-vous que je vous porte ?

— Oh ! non, merci, Ralph, puisque nous devons arriver bientôt !... Croyez-vous, — demanda-t-elle, prise d'une soudaine inquiétude, — que je sois bien reçue ?... que je serai bien cachée ?... J'ai si grand peur de mon père !... Vous ne savez pas à quel point il est emporté, brutal et avare. S'il connaissait la vérité et que je fusse entre ses mains... Ah ! non, tenez, j'aime mieux n'y pas penser !...

— A Maygenbrück vous n'aurez rien à redouter de lui : vous serez entourée de vigilance et de sollicitude.

— Merci, Ralph : merci ! Elle poussa un long soupir : Dieu ! que je suis malheureuse !

Il fit un effort surhumain pour paraître enjoué, afin de la remonter un peu, lui rappela des aventures analogues à la leur, dont on avait parlé dans le monde, eut de l'esprit, finit par revenir à leur grand projet, auprès de quoi tout ce qu'ils enduraient ne comptait pas.

— Qu'était-ce que quelques mois d'ennuis à passer, puisqu'elle avait la certitude d'occuper plus tard auprès de lui une place brillante, souveraine, peut-être !

Marie, sans répondre, hochait la tête, cela lui paraissait maintenant si reculé, si lointain, si problématique ! Et d'ailleurs elle n'avait plus conscience de rien : sinon de ce que ses nerfs étaient comme rompus ; et elle était lasse... oh, lasse !... à en pleurer !... Ils arrivaient au terme de leur voyage, heureusement !

— Si je ne me trompe, dit l'archiduc qui s'orientait à merveille dans ces bois familiers à son enfance, nous n'en avons plus que pour quelques minutes.

En effet, les plantations s'éclaircissaient, et tout à coup, parmi le fouillis des arbres dénudés, ils reconnurent, se profilant à mi-côte sur le fond moins sombre du paysage d'alentour, la silhouette noire, nette, d'une construction assez élégante.

— C'est là ! déclara l'altesse.

— Béni soit Dieu ! et Marie poussa un soupir de satisfaction. Il me semble, ajouta-t-elle, que je vois de la lumière au rez-de-chaussée.

— C'est possible, répondit Ralph en tirant sa montre. Il est quatre heures trois quarts. Le père Fischer vient sans doute de se lever pour aller donner la chasse aux braconniers. Nous allons bien le savoir, car nous voici rendus...

XXXIII

Tandis que l'aide-garde, arrêté avec l'intendant au bord de cette allée carrossable que l'on appelait l'Allée des Princes, recevait de son complice l'à-compte promis, sur le prix du crime atroce commis quelques instants auparavant, un individu débraillé, hirsute, d'allure louche et misérable, débouchait derrière le pavillon de l'épaisseur du bois, comme s'il fut venu de la direction de Salzmarckett.

Il était nu-tête, malgré la rigueur de la saison, avec des cheveux embroussaillés, trop longs, qui lui donnaient un air farouche. Ses guenilles, crottées jusqu'au dos par de longs pataugeages parmi les terres labourées et dans les flaques boueuses de la route, les mauvaises sandales de corde qui s'effilochaient sur ses pieds nus, sa saleté, ses traits hâves, le gros bâton qu'il brandissait tout en marchant, l'eussent fait prendre pour quelque sinistre écumeur de grand chemin, poussé par la faim hors de son repaire.

Il s'avançait d'un pas assez décidé, tournant cependant la tête de côté et d'autre, fouillant les taillis et les buissons de son regard aussi luisant que celui d'un loup, comme s'il eût craint d'être suivi ou aperçu.

Arrivé au pied du pavillon, il s'arrêta, intimidé peut-être à la vue des fenêtres éclairées.

Ce malheureux n'était autre que Charles Fischer.

De l'aimable garçon, laborieux, rangé, soigné, qu'il était naguère, l'étrange bienveillance de M. de Hatzdelt, les mauvais traitements de la prison, avaient fait ce rôdeur d'aspect menaçant.

Le médecin du fort d'Hellsuzt ne s'était point trompé ; le typographe était fou.

Durant les longs jours de son arbitraire détention, dans la cellule obscure où le trop zélé gouverneur l'avait fait enfermer, ses idées, confuses au début, de haine et de vengeance, avaient fermenté, s'étaient fixées, cristallisées en son cerveau exaspéré. Il ne voyait absolument personne que le guichetier chargé de lui remettre chaque jour sa maigre et mauvaise pitance : un gros homme à mufle de dogue, à instincts de brute, qui, ne sachant à quoi occuper sa bêtise, ruminait longuement en son étroite méchanceté les grossières plaisanteries qu'il ricanait ensuite à la face de son prisonnier.

Comme malgré les précautions de la censure le scandale de Gortcherstrasse, colporté de bouche à oreille, avait fini par faire le tour des basses couches sociales de Vienne, il en était parvenu quelques échos jusqu'au personnel de la prison de Hellsuzt, et le geôlier de Charles croyait extrêmement drôle d'y faire à tout propos allusion

— Hein! Il a été plus malin que toi, l'archiduc! Tu as trop parlé, vois-tu, camarade; il t'a fait mettre en cage comme un merle; siffle, maintenant!

Ou bien:

— Il en a une veine, l'Archiduc! il paraît que, quand il va à la chasse, qu'il y ait du gibier ou non dans ses bois, il ne revient jamais bredouille! — Prends patience, va; il n'est pas pressé de te voir sortir d'ici, lui! — Quand tu seras député à la Diète, tu me feras monter en grade, hein? — Tu as demandé du papier au gouverneur? (Le typographe, en effet, en avait demandé qu'on lui avait refusé.) Il a dit qu'il ne fallait pas t'en donner: que si tu écrivais, on te répondrait; et que tu pourrais laisser traîner tes lettres: que cela te ferait encore du tort!

En entendant ces inepties, Charles s'élançait écumant, exaspéré, contre la porte de sa cellule. Il empoignait les barreaux du judas, la secouait

furieusement sur ses gonds: le guichetier, de
l'autre côté, continuait tranquillement à débiter
ses turpitudes, sifflait: « Kiss!.., Kiss!... », en
agitant ses clefs comme pour aguicher sa victime. Il s'en allait enfin, laissant le malheureux
pleurer de rage, et tout en s'éloignant sous les
voûtes sonores, il riait à grands éclats de la tête
du socialiste. C'était amusant comme tout.

Mais cela se répétait tous les jours; et Charles
en devenait fou.

Il était hanté de cette idée fixe que l'archiduc,
désirant se débarrasser de lui, avait en personne donné l'ordre de le laisser crever de misère
dans cet *in-pace*, afin de pouvoir enlever Amélie,
qu'il planterait là ou qu'il tuerait, lorsqu'il serait
rassasié de son amour.

Depuis que, voyant la porte du fort ouverte
devant lui, il s'était jeté à corps perdu dans la
brousse, il errait comme un fauve dans la campagne, dans les bois, se cachant où il pouvait,
filant le long des haies dans les espaces décou-
verts, avec des ruses d'animal traqué par des
limiers. Une fois, son ventre criant famine, il
s'était hasardé à frapper à la porte d'une chau-
mière d'où on lui avait jeté comme à un chien,
en lui criant de déguerpir au plus vite, un énorme
morceau de pain noir qu'il avait englouti tout en
courant.

La veille, il avait menacé un mendiant de l'assommer, s'il ne partageait avec lui le contenu de sa besace; et il allait sans savoir où, toujours droit devant lui, le flair en éveil, l'oreille au guet, sondant des yeux le paysage.

Mais, bien qu'il ne connût pas cette partie du pays, il se dirigeait, poussé, attiré par une sorte d'instinct, vers le domaine de Maygenbrück; Hellsuzt en est distant de plus de quinze lieues, que le fou franchit en moins de trois jours.

Tout de suite il reconnut les bois, avec les sentiers tortueux, en dédale, les haies dépouillées, les fossés encombrés d'ajoncs; et sous la protection des ténèbres il s'avançait plus hardiment, repris, aiguillonné par son obsession : tuer l'archiduc!... tuer!... tuer!...

Après avoir contourné le pavillon, il se trouva devant la porte d'entrée, que la grosse lampe restée allumée, de l'intérieur soulignait d'une raie lumineuse.

Il frappa : écouta ; attendit.

Et ne recevant point de réponse, il ouvrit; pénétra dans la salle sur la pointe de ses sandales, comme s'il se fût encore cru éventé par des ennemis. Il fit quelques pas, appela à demi-voix :

— Etes-vous là, père?

Mais soudain, il se rejeta en arrière, les bras en croix, rugissant d'épouvante et d'horreur.

Devant lui, sur le carreau, son père, sa sœur chérie gisaient sans vie, étendus l'un en travers sur l'autre, affreusement contractés et livides, avec leurs yeux retournés, leur mâchoire tordue, et de l'écume verdâtre au coin des lèvres.

Il se jeta sur le corps d'Amélie, le prit à pleins bras, essaya de le soulever : mais le cadavre trop lourd pour ses forces ruinées par la misère retomba inerte, avec un bruit mou, sur celui du vieux Fischer.

Charles se redressa frémissant, resta un moment là, à les considérer tous deux de ses yeux fous, incapable de proférer un mot.

Il se trouvait tout contre la table, et sans même qu'il portât ses regards du côté de la lampe, une sorte d'intuition lui fit remarquer le papier que Fritz y avait placé en évidence. Il acheva, fébrilement, d'en déchirer l'enveloppe ; d'un coup d'œil, il lut les lignes infâmes tracées ou inspirées par Hermansser.

Il étouffa un cri de rage : il trépignait.

— Encore lui ! encore ce maudit ! ah, *il l'a dit :* c'est l'archiduc ! c'est par son ordre ! malheur, cette fois ; malheur à lui !...

Il s'agenouilla auprès des morts, baisa longuement Amélie au front :

— Pauvrette : tu l'as trop aimé ! tu n'as pas voulu m'écouter ; c'est que tu ne savais pas com-

ment les princes, quand ils sont las de leurs maîtresses, s'en débarrassent ! Dors, sœur chérie : je
lui ferai expier son crime, ses crimes, tous les
crimes de ceux de sa **race** ! malheur à lui !

Il ne put l'écarter complètement du corps de
leur père, qui tenait toute la largeur du passage,
entre la table et le mur ; et pour embrasser le
vieux garde il dut se baisser jusqu'à terre.

Si quelques bizarres éclairs de lucidité lui
avaient permis de reconnaître le domaine, de
reconnaître les siens, de comprendre l'abominable
lettre trouvée là, en revanche il n'imagina point
que l'archiduc pût ne pas être à Maygenbrück.

Il n'avait jamais vu l'altesse qu'au château ou
à la chasse ; et dans sa démence il se figurait
retrouver toujours le prince dans le cadre auquel
sa mémoire était accoutumée, et où sans cesse le
reportait sans obsession.

Charles errait par la salle, battant les murs,
proférant des menaces, des phrases sans suite,
revenant auprès des morts, plein de rage et de
haine ; le cerveau entièrement pris, fouetté à
toute volée par les lanières de la folie.

Le père Fischer, après avoir nettoyé ses fusils
la veille, les avait chargés suivant son habitude
et suspendus à des bois de cerf appliqués au mur
entre deux fenêtres.

Le fou se rua sur la panoplie aperçue à l'improviste, décrocha un fusil à double canon, l'examina : les capsules, enfoncées sur les cheminées, témoignaient que l'arme était bien chargée. Il grinçait des dents :

— C'est le plus gros des fusils du père ; le fusil pour les loups et les sangliers ; ce doit être deux balles de calibre qu'il a mises dans les canons !

Il gronda, plus terrible qu'un fauve acculé.

— Cette fois, malheur à toi, archiduc de Donau-Schönbourg !... Tu les a tués ! eh bien, je vais te tuer, moi ; te tuer !... tuer ! tuer !... et l'autre aussi, après, celui à la casquette... tous ! je vous tuerai tous !... Dans l'aberration de sa fureur, il ne retrouvait plus la porte.

Mais il se trouva devant une fenêtre, en fit jouer l'espagnolette, enjamba la barre d'appui et en un clin d'œil il fut dehors, le fusil aux mains.

Alors, il prit sans hésiter sa course à travers bois. Ni les difficultés du sol, ni les embarras de racines, d'arbustes, d'herbes, ne l'arrêtaient.

Cependant, parfois, il tombait ; il se relevait, se remettait à courir, tout en mâchonnant des mots de rage.

Arrivé devant la grille du château, il dut s'arrêter, elle était fermée. Il se disposait à escalader par-dessus lorsqu'il remarqua deux personnes, deux hommes plantés au milieu et qui causaient avec des airs mystérieux.

C'était M. de Swarbrorg qui, se ravisant, avait passé la soirée à Eisenau au lieu de s'en retourner à Vienne, et Hermansser, qu'il était venu rejoindre à la nuit close. Charles ne les reconnut pas; mais il voyait que l'archiduc n'était sûrement pas l'un d'eux. Il eut pourtant l'inspiration que ce pouvaient être deux hôtes passagers du château, qui donneraient l'alarme en le voyant.

— C'est bon, fit-il, je reviendrai un peu plus tard... J'irai le chercher, lui, jusque dans sa chambre !

« D'ailleurs, je n'ai que deux charges dans le fusil ; le meilleur fusil peut rater. Je vais retourner chez le père, je trouverai bien de la poudre et des chevrotines !

« Tu ne perdras rien pour attendre, archiduc ; je te tuerai cette nuit tout de même, va !...

Il rebroussa chemin.

XXXIV

Cependant, Ralph et sa compagne, la clairière traversée, arrivaient enfin au pavillon du garde.

Ils s'arrêtèrent au bas du petit perron.

— Attendez-moi là un instant, chère amie, dit l'archiduc à Mlle Abend, asseyez-vous sur ce banc ; je veux, avant tout, voir qui est si matinal chez les Fischer, si c'est le garde lui-même ou son aide.

Marie se laissa tomber sur le banc rustique placé au bord du rond-point sablé qui dégageait l'accès de l'habitation.

Sous le ciel tout noir, le petit étang faisait au bas de la côte une tache claire ; la masse des bois, limitant l'horizon à une barrière sombre, semblait servir de soubassement à l'obscurité un peu moins dense de la nuit. Nul bruit n'en montait, et la clarté des fenêtres s'épandait sur la déclivité des pelouses prochaines.

En haut des trois marches, Ralph frappa du doigt au vitrage de la porte et, n'attendant point qu'on lui répondît, tourna le bouton, entra ; mais, comme il passait sans transition à la lumière crue dont la lampe sans abat-jour emplissait la salle, il resta tout d'abord ébloui.

— Tiens ! fit-il presqu'aussitôt, on dirait qu'il n'y a personne !

Et, du seuil il appela :

— Etes-vous là, père Fischer ?...

Etonné du silence qui ne cessait de régner dans la maison, et réhabitué par degrés à la lumière, il s'avança jusqu'au milieu de la salle et, soudain, dans la pénombre de la table, l'horrible spectacle s'offrit à sa vue.

— Oh !... qu'est cela ?... s'écria-t-il tout bouleversé, en se rejetant d'un mouvement instinctif en arrière.

Mais, son courage reprenant immédiatement le dessus, il saisit la lampe et déjà l'enlevait de la table afin d'en projeter la lueur sur les deux corps qui gisaient devant lui et qu'il n'avait pas encore reconnus, lorsqu'un cri perçant le fit se retourner vers la porte restée ouverte. Et Marie se précipita éperdûment dans la salle, en criant :

— Au secours ! Ralph ; au secours, défendez-moi !... Voici un bandit armé d'un fusil !...

Au même instant, derrière la jeune fille, l'effroyable face du fou apparaissait, et Charles, les yeux flambants, hirsute, boueux, en guenilles, émergait de l'ombre, brandissait à bout de bras son fusil, tout en vociférant.

Marie épouvantée courait, les mains aux tempes, vers le fond de la salle, mais, aveuglée aussi par la lumière, elle n'avait pas vu en entrant les cadavres étendus sur le carreau. Elle buta dessus, tomba auprès, sur les genoux, et ses cris de terreur de nouveau éclatèrent, tandis que l'altesse reposant la lampe, fouillait précipitamment dans son pardessus, y trouvait le poignard du jésuite et se précipitait au-devant du misérable qui, resté sur la porte, le couchait déjà en joue.

— Qui êtes-vous ?... arrière ; sortez d'ici ! lui cria-t-il, sans remarquer que le bandit épaulait son arme.

Marie se relevait, le cœur défaillant d'avoir vu sur quoi elle était tombée et restait là, atrocement remuée par la découverte qu'elle venait de faire.

Ralph — qui ne connaissait pas le typographe et ne soupçonnait point encore le genre de mort des deux personnes tombées à ses pieds — eut aussitôt la même pensée qu'elle ; le brigand qui se présentait à la porte devait être l'auteur du double assassinat dont ils avaient les victimes sous les yeux.

Mais Charles, les dévisageant, de ses yeux agrandis par la folie, ricanait :

— Tu ne me connais pas, archiduc, mais je te connais, moi !... Je suis Charles, tu sais, Charles Fischer que tu as fait emprisonner comme un vo-

leur et maltraiter comme un chien !... tu espérais que j'en crèverais !... et que tu pourrais sans
danger pour toi abuser de la crédulité d'Amélie
Fischer !... te défaire d'elle ensuite, comme font
les princes repus, quand ils sont las de leurs
maîtresses !... Ah !... ah !... ah !... tu es en avance !
tu les as fait empoisonner tous deux ; tu viens
voir si tes ordres ont bien été ponctuellement
exécutés ?... Mais tu ne sortiras pas vivant d'ici !...
ah !... ah !... ah !... Malheur à toi, archiduc !

Cette incohérente apostrophe qui laissait Ralph
comme frappé, et pour cause, de stupeur, d'autant qu'il était malheureusement trop évident
qu'il avait affaire à un fou, fut pour Mlle Abend
un trait de lumière.

Et elle cria :

— Arrêtez ! au nom du ciel, Charles Fischer
ne le tuez pas !... Ecoutez-moi ! l'archiduc n'est
pas coupable de ce crime !...

Elle accourait, les bras étendus, afin de se jeter
entre eux, de détourner l'arme meurtrière de la
poitrine de Ralph qui restait là, le poignard encore levé, abasourdi, n'en pouvant croire ses
oreilles, écoutant Charles continuer :

— Tu les as fait lâchement empoisonner ; tu
te croyais au-dessus de la justice des hommes ;
tu vas pourtant mourir, archiduc de Donau-
Schönbourg !...

Le flamboiement rouge d'un éclair passa entr'eux trois, et comme la détonation du coup de feu éclatait, Ralph atteint en plein cœur tomba foudroyé entre les bras de Marie Abend.

Sous le poids de ce fardeau trop lourd, la jeune fille éperdue d'horreur chancela, près de s'évanouir.

Le fou avançait d'un pas, grommelant sourdement :

— Attends, archiduc ; deux coups, c'est le compte... un coup pour le père, à présent !

Il pressa de nouveau la gâchette.

Un suprême tressaillement fit rouler l'altesse sur le carreau et, tandis qu'un nouvel éclair incendiait la fumée, immédiatement suivi d'une autre détonation, Marie recevait à bout portant dans la poitrine la deuxième balle destinée à son amant.

Elle jeta un grand cri, battit l'air de ses bras, fit deux ou trois tours sur elle-même et Mlle Abend s'écroula dans un dernier râle, morte, auprès de l'archiduc de Donau-Schönbourg..............
. . . .
. . . .

Avec des ricanements farouches, le fou s'enfuyait à travers les bois encore enténébrés.

A l'orient, une aube triste montait lentement, derrière l'épaisseur des nuées grises...

ÉPILOGUE

A Berlin, dans son vaste cabinet de travail aux
murs nus, à l'ameublement sévère, le vieux ministre Von Eisenberck, assis en un fauteuil à
haut dossier, devant son bureau encombré de
papiers, de journaux et de brochures, s'entretenait avec M. de Swarbrorg et le Florentin, arri-
vés le matin même, et qu'il honorait d'une audience absolument privée.

Les deux coquins, après une mésintelligence
passagère, étaient redevenus les meilleurs amis
du monde.

A la première nouvelle des événements de
Maygenbrück, le jésuite était accouru chez
M. de Swarbrorg, supposant que le baron, impa-
tient d'en finir et revenant à sa première idée

avait précipité une solution en armant le bras
des mystérieux assassins dont les crimes venaient de jeter la consternation et la terreur dont
l'archiduché de Donau-Schönbourg.

De confidences en suppositions, de suppositions en coïncidences, ils finirent par comprendre
que, si criminelles qu'eussent été leurs intentions,
ils n'avaient pas prévu à si brève échéance un
dénouement qui ne pouvait être attribué qu'à un
concours de circonstances fortuites dont ils ne
savaient rien ni l'un ni l'autre.

Car, ils ne crurent pas un instant au qua-
druple suicide dont (entr'autres explications), on
faisait aussi courir le bruit, — d'ailleurs fondé
quant à la mort de l'archiduc et de Mlle Abend
— sur la découverte du fusil que le fou, en
s'enfuyant, avait abandonné sur le théâtre de
son crime.

Ils n'en convinrent pas moins de s'attribuer « le
mérite », comme ils disaient, d'un événement
qui débarrassait, quoiqu'il en fût, l'Excellence
d'un adversaire politique susceptible de devenir
très gênant.

— Puisque cela était arrivé, observait le Florentin, mieux valait qu'ils en profitassent.

Du reste, il donnait à entendre à son complice
que, si l'on ne se mettait pas d'accord sur la
question du partage, il raconterait lui, Glici, au

ministre, comme quoi le hasard seul avait tout conduit et exécuté.

Forcément réconciliés sur ce terrain, ils étaient partis ensemble pour Berlin.

Mme de Vorischner attendait, confiante, remplie d'espoir, leur retour.

Maintenant, encouragés dans leurs convoitises par le bon accueil du vieil homme d'État, bien qu'ils n'eussent pas abordé précisément l'objet délicat de leur visite, ils pensaient bien ne pas s'en retourner les mains vides.

Ils venaient de faire à Von Eisenberck le récit de la mort de l'archiduc, tel qu'ils l'avaient inventé, en se donnant, sous le couvert de transparentes circonlocutions, les principaux rôles dans le complot qui, selon eux, avait abouti au « triste événement. »

Mais Von Eisenberck, à leur grand étonnement, ne se pressait pas de combler leurs vœux.

Renversé dans son fauteuil, les bras reposés aux accoudoirs, les jambes croisées, les yeux au plafond, il se tapotait les mains, répétait pour la dixième fois d'un air paterne :

— Ce pauvre archiduc!... Un prince si aimable!... Si charmant! Ah, cela me fait beaucoup de peine!... C'est une mort bien triste!... bien triste!...

— Oh ; bien triste !... reprenait le jésuite sur le même ton.

Le baron faisait chorus.

— Tout à fait triste !... Tout à fait triste !...

Et tous trois, pour quelques minutes redevenaient muets.

Cela durait, avec les mêmes alternatives de silence, depuis qu'ils avaient achevé de raconter avec d'infinies précautions oratoires leur prétendu complot.

Le ministre avait feint de ne pas comprendre leurs insinuations : Il affectait de ne voir dans cet événement que ce qu'ils en disaient en termes précis, fermant l'oreille à leurs sous-entendus.

Evidemment, il ne voulait rien leur donner, et n'osait pas les congédier brutalement, à cause peut-être de certaines promesses qu'il avait pu leur faire quelques mois auparavant ; il espérait lasser leur patience et attendait qu'ils s'en allassent. Il était bien tranquille, d'ailleurs, n'ayant rien écrit de compromettant.

Mais M. de Swarbrorg ne fut pas dupe de ce manège ; il n'entendait point se laisser « rouler » ; et son naturel violent reprenant le dessus, il mit carrément les pieds, comme l'on dit, dans le plat.

— Oui, Excellence, c'est un très grand malheur ! Nous le déplorons ; c'est entendu. Mais enfin, il est arrivé.... par les moyens que vous savez!... Par conséquent, Monseigneur et moi voudrions bien...

— Quoi? demanda le ministre sur un ton sec, en se mettant d'aplomb dans son fauteuil. Et il jeta au baron, déconcerté par ce brusque changement d'attitude, un regard froid, dur, qui tomba comme une douche glacée sur les chaudes espérances des deux compères.

— Mais, bégaya M. de Swarbrorg ainsi interloqué, que vous donniez ce que vous.... ce que Votre Excellence nous a... a bien voulu nous promettre, si nous arrivions....

— Moi? fit l'autre carrément : je ne vous ai rien promis du tout!... Qu'est-ce que vous me f....ichez donc? A quel titre vous aurais-je promis quelque chose? Est-ce que je vous ai jamais chargé de faire quoi que ce soit? Ah, par exemple!...

Il redevenait le brutal personnage que redoutaient les diplomates novices ou timorés.

— Mais, Excellence....

— Il est vrai que je vous ai dit, dans le temps, je ne sais plus quand, que si vous vous conduisiez bien, je vous rendrais le dossier de votre procès (qui se termina, grâce à moi, en queue de poisson) afin que l'on n'entendît plus parler de vos sales histoires ; est-ce cela, que vous voulez dire?... Tenez — ajouta-t-il en prenant sur son bureau une liasse de papiers qu'il tendit à l'ancien officier — les voici, vos paperasses ; je veux bien vous les remettre, puisque vous y tenez tant que cela !... Toutefois, je dois vous prévenir que j'en ai fait prendre la photographie ; et, de plus, que l'affaire est simplement classée.... vous savez ce que cela signifie ?... Après cela, vous pouvez l'emporter, votre dossier ; je ne tiens pas à le garder, moi !

M. de Swarbrorg était ahuri ; le jésuite n'en pouvait croire ses oreilles, tant de duplicité le suffoquait, et pourtant il était lui-même passé maître, en fait de coquinerie. Mais comme il y allait aussi de ses intérêts, il ne se gêna plus, insista hardiment.

— Mais je vous demande pardon, Excellence, vous avez parfaitement promis.... certaines choses. A moi, par exemple, permettez-moi de vous le rappeler ; vous deviez me faire donner le chapeau....

— Le chapeau ? grogna l'Excellence ; quel chapeau ?... vous voulez que je vous donne un chapeau ?

— Certes, Excellence ! Un chapeau de cardinal !

— Un chapeau de cardinal à vous, Glici ?.... Ah ça, est-ce que vous me prenez pour un idiot, par hasard ?... Mais vous n'êtes seulement pas

prêtre, malheureux! Pas plus prêtre que Glici!
Vous êtes Pietro Spaturelli, et vous n'avez reçu
que les ordres mineurs!... Etant mince diacre,
vous avez été chassé par l'évêque du diocèse
d'Ancône! Tous les évêques vous ont chassé de
leur diocèse, tous les curés de leur paroisse!...
comme imposteur, comme intrigant, comme voleur!

« A Vienne, vous vous donnez pour un jésuite :
vous vous faites appeler Monsignor gros comme
le bras; cela, me direz-vous, ne regarde que vos
dupes; cela regarderait aussi le nonce et l'arche-
vêque : s'ils ne vous désavouent pas, s'ils ne vous
font pas expulser, c'est qu'ils ignorent votre véritable personnalité, et que vous êtes assez habile
pour en imposer à tout le monde... sauf à moi!...

« Oh! je suis édifié sur votre compte, allez!...

« Un chapeau de cardinal!... Peste!... Comme
vous y allez!... Et pourquoi pas la tiare!... Vous
trouvez peut-être que vous n'avez pas encore assez
déshonoré le clergé catholique, dont vous portez
indûment l'habit?...

« Et au surplus, pourquoi donc ferais-je quelque chose pour vous, aussi? En somme, vous ne
m'avez pas obligé? Vous n'avez pas servi l'Etat?
En quoi, comment, nous auriez-vous servis?...

« La pourpre!... Mazette; vous avez un fier
toupet!

Le tonnerre, tombant sur la tête du faux jésuite, ne l'eût pas plus effaré que cette rude apostrophe.

Il ne se doutait pas que sa « véritable personnalité » fût aussi exactement connue de l'Excellence. Il croyait avoir si bien fait peau-neuve, grâce à un faux état-civil, à de faux diplômes, à une fausse situation, à vingt ans d'hypocrisie, d'adresse, de mensonge, que nul ne reconnaîtrait sous le masque du Monsignor le vicieux personnage que l'on jetait jadis à la porte de tous les diocèses, de tous les presbytères, comme avec un balai.

En affichant, dans les projets qu'il comptait faire aboutir autrement que le baron, « son ordre », l'Ordre auquel il n'avait jamais appartenu et dont il n'était en rien le mandataire, il jetait au petit bonheur la première carte d'une belle partie. S'il eût réussi, grâce à des influences dont ils disposait certainement, à faire divorcer l'archiduc, il eût apporté aux jésuites, tout façonné, l'instrument de gouvernement qu'il comptait faire de M^llo Abend; ceux-ci n'eussent point refusé le présent d'une telle force; et il espérait que l'ordre se fût montré reconnaissant envers lui en l'aidant à recouvrer une identité, en lui faisant obtenir la sanction de la situation qu'il se donnait, dans le clergé.

C'était pour alors, qu'il rêvait la barrette : sous le couvert de la pourpre, il eût réalisé les grandes choses qu'il méditait.

Hélas, ses dernières espérances, ses derniers rêves s'évanouissaient!...

Pâle comme un mort, le front moite, les doigts tremblants, il restait atterré sous le regard sévère, dur, impitoyable, du ministre.

Et le baron pas plus que lui, si pesant que fût redevenu le silence, n'avait envie de prendre encore la parole.

— Ainsi donc, continua durement l'Excellence, ne venez plus, ni l'un ni l'autre, m'importuner. Allez raconter aux vieilles femmes vos sottes histoires, auxquelles je ne comprends rien. Et tâchez de filer droit... sans quoi...

Il n'ajouta rien de plus : mais cela semblait suffisamment explicite aux deux complices qui ne demandaient qu'à s'en aller au plus vite.

Le ministre frappa sur un timbre.

Un huissier parut.

— Reconduisez ces messieurs! cria-t-il sans quitter sa place.

Et il se replongea dans la lecture de documents étalés sur son bureau.

. . . .

. . . .

. . . .

La police de Trieste arrêtait quelques mois plus tard un individu que son signalement fit reconnaître pour un aliéné évadé du fort d'Hellsuzt, où on l'avait enfermé provisoirement, en attendant que l'administration pourvût à son internement dans un hospice spécial.

D'ailleurs on ne lui reprochait rien, si ce n'est d'avoir pris la clef des champs.

Ce malheureux se vantait dans ses divagations d'avoir assassiné l'archiduc de Donau-Schönbourg.

Il bredouillait à ce propos une histoire baroque dont on ne croyait pas le premier mot, puisqu'il était fou.

Interné à Trieste, il mourut peu après.

Vers le même temps un garçon boucher, à Berlin, fut empoigné à la suite de quelque rixe dans une taverne.

L'on crut, à tort ou à raison, tenir en lui l'auteur, jusqu'alors introuvable, de plusieurs autres méfaits plus graves.

Une perquisition dans son galetas fit découvrir divers papiers compromettants pour lui et, entr'autres, une sorte de mémoire rédigé de sa main, soi-disant dans le but de se venger d'un certain Hermansser, et d'où il résultait que l'inculpé, alors qu'il habitait aux environs de Vienne, s'était rendu coupable, à l'instigation de cet

Hermansser, de l'empoisonnement de deux personnes, ses maîtres, probablement.

Cela fut immédiatement remis au parquet qui
ouvrit une enquête, dont le résultat fut d'ailleurs
tenu secret; l'on n'entendit même plus parler de
Fritz Fleischmann, ce garçon boucher.

Aujourd'hui encore, personne ne sait ce qu'il
est devenu.

FIN

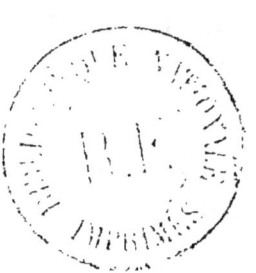

Romans de Mœurs, Populaires, etc.

LA
FAUTE D'AIMÉE

Par

Henri LE VERDIER

Forme 2 Volumes de la Collection A.-L. GUYOT

Chaque Volume : **20 centimes**

EN VENTE

Chez tous les Libraires et Marchands de Journaux
dans les Kiosques, Gares, etc.

Envoi franco d'un volume par la poste, contre
30 centimes adressés à M. A.-L. Guyot, 20, rue
du Croissant, Paris.

5   5

www.ingramcontent.com/pod-product-compliance
Lightning Source LLC
Chambersburg PA
CBHW070846030726
47504CB00005B/1240